ローマ人の物語

9

ユリウス・カエサル

ルビコン以前

［中］

塩野七生著

新潮文庫

目次

上巻目次

下巻目次

ローマ人の物語11　ユリウス・カエサル　ルビコン以後［上］目次

ローマ人の物語12　ユリウス・カエサル　ルビコン以後［中］目次

ローマ人の物語13　ユリウス・カエサル　ルビコン以後［下］目次

カバーの銀貨について

カエサルという家族名は、綽名に由来すると言われている。カルタゴとの間で死闘をくり広げていた第一次ポエニ戦役当時に、カルタゴの象軍を向うにまわして敢闘したユリウス一門の男がいて、その男にカルタゴでは象を意味する「カエサル」という言葉が、綽名としてつけられたらしい。綽名が「姓」である家族名に転化する例は、ローマでは珍しくなかった。

だが、これを活用することを考えついたのが、この巻の主人公である。象が描かれ、その下にCAESARと彫られたこの銀貨を見ていると、選挙用のポスターでも見ている気分になってくる。ローマを帝政に移行させることこそがカエサルの究極の考えだったが、彼がそれを進めていたのは共和政下のローマ。そのローマで考えを実現するに必要な地位と権力は、有権者である市民たちの投票で決まるのであった。

二〇〇四年六月、ローマにて

塩野七生

ローマ人の物語

ユリウス・カエサル　ルビコン以前　［中］

第五章　壮年前期　Virilitas（ヴィリリタス）

紀元前六〇年～前四九年一月〈カエサル四十歳―五十歳〉

四十にして起つ、

ボナ女神祭夜の軽はずみな若者によるカエサル家侵入事件の裁判の結果を待ったり、借金取りに坐りこまれて家から出られなくなったりして出発が大幅に遅れたが、南部スペインでのカエサルの属州統治は、紀元前六一年の春から前六〇年はじめにかけての、一年足らずの期間であったようである。カエサル、三十八歳から三十九歳にかけての時期になる。一年足らずで帰国したのは、属州総督としては何をやるかがはっきりわかっており、それを経験した後には何をやりたいかも、はっきりしていたからであった。

カエサル就任当時の「遠スペイン(ヒスパニア・ウルテリオル)」（南部スペイン）は、住民の反乱もなしで問題はあまりなかった。平穏な時期の属州統治は、やるべきことを明確に示し、それを忠実に実行するブレーンさえ組織すれば、総督は不在でも統治は支障なく遂行できる。

属州総督カエサルが明示したのは、一種の税制改革であった。一種としたのは、税制そのものを抜本的に改革したわけではなく、属州法で定められた線にそって属州税を払う義務のある人と、ローマ市民待遇によって払わなくてもよい植民都市などの区別を明確にしたにすぎないからである。それまでの属州総督たちは税の増収こそローマの国益に利すると思いこみ、両者の区別にも無関心であったからだ。税制がガラス張りでなければ、徴税担当者の恣意(しい)が働く余地も生まれやすい。ローマの課す属州税は収入の十分の一と決して重くはなかったが、それでも多くの属州民には重税に感じられたのは、徴税担当者のさじ加減に依存せざるをえないというシステムのせいだった。そして、入札制度でもあった徴税担当者の選抜権をもっていた属州総督は、税の増収分の何割かは自分の権利と思ってか着服するのも、代々の総督の慣例にさえなっていた。属州総督を経験すれば一財産できると言われていた時代である。それゆえ、より多い税収を見込める豊かな東方の属州には誰もが行きたがり、西方の属州を振り当てられた者は貧乏くじを引いたと思われていた。

貧乏くじを引いたカエサルだったが、それも借金で首もまわらない状態にあった彼なのに、南部スペイン属州の税の増収よりも、徴税担当者の恣意の働く余地を減らす政策を採用したのである。結果として、増収どころか減収になった。しかし、政治闘争も法律論争になるほどに、法立国のローマ人である。先例が成されたことは、それで今後も行くという意味をもつ。ガラス張りになったおかげで減税になったり属州税ならば払わなくてもよくなった住民たちは喜び、感謝した人々は総督に献金した。これがどれほどの額であったかは不明だが、借金の減少にはいくぶんかは寄与したようである。

それで、この種の政策を実行に移すに役立ったブレーンだが、カエサルはこれに、現地の人材を積極的に登用したのである。その代表が、ルキウス・コルネリウス・バルブスだ。スペインがハンニバル一家の統治下にあった時代から繁栄していた、イベリア半島南端の港町ガデス出身のローマ市民権所有者である。スペインに移住したローマ人の子孫か、それともローマ市民権を取得したカルタゴ人の子孫かで学者の意見は分れているが、いずれにしてもローマの上流社会とは無縁であった人物だった。ただし、文明とは無縁でなかった。実務能力だけでなく、キケロとも対等に会話を交わせられる教養の持主で、カエサルはこのバルブスを、ローマに帰任する際にも同行し、その後もこのスペイン人は、カエサルの行くところ影の如く(ごと)に従う存在になる。側近であり友人にもなったバルブスは、微妙な動きを要求される交渉役としては打ってつけの人材として活躍をつづけ、カエサル暗殺の四年後には執政官にまでなる。

このように現地の人材を積極的に登用したブレーンが政策を実施している間、カエサル自身は軍団を率い、現代のポルトガルにあたるイベリア半島の大西洋岸の制覇行に専念したのだった。その一帯の住民が、反ローマで起ったわけではない。ローマの覇権が及んでいない地方を制覇することで、凱旋式を稼ぐつもりであったのだ。

カエサルは、マリウス派を誇示したり派手に剣闘試合を主催したりしたことで、自分がローマ市民に人気があるのは知っていた。だが、人気と支持はイコールではないことも知っていた。凱旋式は、ローマの敵を撃退したりローマの力を広めたりした功績によって挙行を許される栄誉である。帰任後には執政官選挙に打って出るつもりの彼としては、人気を支持に変える機会は逃せなかった。それゆえ、イベリア半島西部一帯の制覇は、本格的には行っていない。凱旋式挙行の資格さえ、獲得すれば充分であったからだ。だが、このとき、カエサルははじめて大西洋を自分の眼で見たことになる。

こんな具合でやるべきことのみやって早々に帰任したカエサルだったが、彼を迎えたローマの空気は、スペインにいて予想していたものとは大いにちがっていた。一段と意気軒昂になった「元老院派」が、カエサルの希望など鼻であしらう勢いであったからだ。「元老院派」の意気軒昂の原因は、遡れば、丸一年前のポンペイウスのイタリア帰国にはじまっていた。

紀元前六二年も末近くになって、一般庶民の喝采(かっさい)と元老院の不安に迎えられ、ポンペイウスと十個軍団六万の兵はブリンディシに上陸した。「スッラの改革」以降、ローマ軍団の総司令官は、北から帰国する場合はルビコン川、南からの帰任はブリンディシに到着した時点で、軍団を解散しなければならないと決まっている。総司令官は兵士たちに首都ローマでの凱旋式での再会を約して、ひとまずは故郷へもどるよう言い渡す。総司令官自身は少数の供ぞろえを従えただけでローマに向うが、凱旋式挙行までは、首都の城壁の内には入ってはならないとも決まっていた。「元老院派」の不安は、四十代半ばの若さで海賊一掃に次ぐ東方諸国の制覇まで成しとげて凱旋したポンペイウスがおとなしく十個軍団もの兵力を手離すであろうか、という点にあった。二十年前の話にしても、ブリンディシに上陸しても軍団を解散せず、そのまま首都に攻めのぼって「マリウス派」を壊滅し、一挙に独裁政を布いたスッラの記憶は、いまだ多くの元老院議員の頭の中に鮮明に残っていたのである。

しかし、スッラには、元老院主導の寡頭(かとう)政再建という確とした政治目標があったが、スッラ門下の俊英と目されようが、ポンペイウスは軍事人間ではあっても政治人間ではない。それに、現代イギリスの一研究者をして「野心家であるよりも虚栄家であった」と言わせることになる男だ。野心とは、何かをやりとげたいと思う意志であり、虚栄とは、人々から良く思われたいという願望である。

早熟の軍事天才として、二十代から喝采と賞讃に慣れ親しんできたポンペイウスは、それゆえにこのときも、彼自身にとってならば自然な流れに身をまかせる。上陸後まもなく軍を解散したポンペイウスは、五十人足らずの軍団長や大隊長のみを従え、ブリンディシを発ちアッピア街道を北上してローマに向った。沿道には、この高名な将軍を一目見ようと集まった人々で、ローマまでの道のりの全行程は人の顔を見ないでは踏破できなかったという。首都に近づく頃には、人々はポンペイウスの後に群をなして従ったので、それを眼にしたキケロに、ポンペイウスさえその気になれば、軍団の助けなしでもクーデターは決行できたろう、と言わせたほどだった。紀元前六一年と年が変わった一月末、ポンペイウスはローマ城外に到着する。

だが、ここで、「元老院派」は戦術を誤った。ポンペイウスへの不安が解消したことが、そのまま自分たちの力の過大評価につながってしまったのである。五年ぶりに凱旋したポンペイウスは規則通りにローマの市外に留まりながら、元老院に次の要求を提示した。

一、凱旋式挙行の許可

二、紀元前六〇年度担当の執政官立候補の認可

三、配下の兵たちへの〝退職金〟である耕作地の配付

四、ポンペイウスが制覇後に再組織したオリエント諸属州諸同盟国の編成案の承認

㈠については、元老院は問題なく許可を与えた。豪勢で大規模になるので準備期間も充分に置きたいというポンペイウスの希望を容れ、凱旋式はその年の九月になって挙行されるとも決まる。

しかし㈡については、「元老院派」は意地悪をした。紀元前六〇年担当の執政官を選出する市民集会は、前六一年の夏に開かれる。執政官の立候補の届出は、本人がしなければならないのが決まりだ。立候補届出は、カピトリーノの丘に立つ、国家公文書館でしか受けつけていない。ということは、凱旋式まではローマ市内に入れないポンペイウスには、凱旋式を犠牲にでもしないかぎり、立候補の届出は事実上不可能になるわけだった。

㈢の耕作地配付の要望についても、「元老院派」は態度を明らかにしない戦法で応じた。総司令官ポンペイウスとしては部下の兵たちに対して大変に面目をつぶしたことになるが、元老院が拒否したわけではないので、ポンペイウスも兵士たちもまだ希望をもちつづけていた。

「元老院派」が言を左右にするばかりであったのは、㈣の問題も同じだった。制覇後の地方の編成権は総司令官にあるが、それも元老院の承認がないかぎりは実行に移せない。その承認がもらえないということは、ポンペイウスにとって、自分が制覇し屈服させた地方に対する面目丸つぶれを意味したのである。「元老院派」がこれほども強姿勢に出たのは、軍団を手離してしまったポンペイウスは怖(おそ)ろしい存在ではなくなったからだ。

「元老院派」にも、大義名分はあった。何度もくり返すが、紀元前五〇九年に共和政に移ってからのローマの政体は、元老院という、三十歳以上の才能も経験も豊かで選挙を経ない数百人が事実上の統治を担当する、少数指導制の政体をとってきた。この種の寡頭政では、指導する少数には可能なかぎり均等に指導する機会が与えられねばならない。誰か一人が機会を独占するようでは、この型のシステムは機能できないのである。ポンペイウスは、特例に特例を重ねる感じで、元老院入りの資格ももたない二十九歳から「絶対指揮権(インペリウム)」を与えられ、そのうえ海賊一掃作戦に際しては、はじめから三年間という異例の任期まで許され、それが成功するやすぐつづいて、東方制覇に期限なしの大権を与えられてきたのである。このあたりで少し押さえる必要があるというのが、集団指導制を守りたい「元老院派」の思惑であった。この想いを代表していたのが、小カトーである。

この小カトーに賛成であった元老院議員たちとて、建前では皆同じだったが、本音となると各自ちがっていた。まず、「元老院派」の有力者ルクルスは、第Ⅲ巻『勝者の混迷』の二四二頁前後（文庫版第7巻一六四頁前後）ですでに述べた理由で、ポンペイウスを憎んでいた。彼には、ポンペイウスの面子（メンツ）を傷つけることならば何でも賛成だった。

元老院体制を堅持することでは一致する「元老院派」の、もう一人の有力者はキケロである。キケロがポンペイウスの勢威を損なうやり方に賛成であったことの本音は、「カティリーナの陰謀」当時に自画自讃した「トーガによる制圧」にあった。言論人キケロには、軍団でなくトーガ、つまり軍事力でない言論の力でクーデターを未然に防いだという自負があったのだ。その彼にしてみれば、軍事力の象徴のようになっているポンペイウスの頭を押さえることは、言論人としても愉快でないことはなかったのである。想いは三者三様であっても、元老院の有力議員三人が、勝ち誇るポンペイウスの前に立ちふさがったことでは同じだった。

しかし、遠征を終えて帰国した将軍には、遠征の報告を兼ねた演説を市民集会で行う習慣が、ローマにはある。凱旋式挙行までは市内に入れないという法はあっても、凱旋式は九ヵ月後と決まった。勝利に輝く将軍、しかもポンペイウスほどの勝将に、九ヵ月もの間市民と接触する機会を与えないというわけにはいかない。市民たちは、自分たちに勝利を恵んでくれた人物に、拍手と歓声と賞讃を浴びせかけようと待ちかまえていたからだ。

紀元前六一年二月、元老院はその機会をポンペイウスと市民たちに与えた。市民集会の会場も、凱旋式までは市内に入れないポンペイウスを配慮して、城壁の外にあるフラミニウス競技場に移される。ポンペイウスにとっては、恩を仇で返すような元老院の仕打ちを、市民に訴えることで抗議する絶好の機会になりえるはずであった。だがポンペイウスという男は、もともとからして演説があまり得意でない。また、この時期の彼は、海賊一掃と東方制覇によって他者の追随を許さない貢献を国家に対して成した、という自負でいっぱいだった。自負心も、強くなりすぎると他者への伝達の意欲を欠く結果に終わりやすい。傍聴していたキケロによれば、貧者には希望を与えず、富者には安心を与えず、「民衆派」に対しては狐火のごとき非難、つまり実効力なき攻撃、「元老院派」の信頼も獲得できず、という具合で、要するに全員から冷淡な反応しか返ってこない演説で終わってしまったのである。それでも勝利に輝く将軍の魅力は、一般市民に対してはあいかわらず強く働いたが、「元老院派」のポンペイウス軽視はこれで決定的になった。

カエサルが任地のスペインに出発したのは、この演説が成された少し後のことである。だが、カエサルが一年後に帰国した時点でも、ポンペイウスをめぐる状況にはさしたる変化はなかった。ポンペイウスが面目をほどこせたのは、二日間にわたってローマ人を熱狂させた豪華な凱旋式だけで、彼が要求した事項の㈢と㈣は、あいもかわらず未決で放置されたままであったのだ。

ポンペイウスとて、手をつかねて一年を過ごしたのではない。対策は試みた。その一つは、「元老院派」の牽引車的存在になりつつあった、小カトーを籠絡しようとした試みである。カエサルとの浮気が東方にまで伝わったため、ポンペイウスは帰国の途上、妻のムチアを離婚していた。独身になったポンペイウスは、小カトーの妹を妻に迎えたいと申し入れたのだ。しかしこれは、小カトーからのにべもない拒否で失敗していた。名声地中海に並ぶ者のない四十五歳の凱旋将軍が、三十四歳の一元老院議員にこのようにあしらわれた一事は、市民たちからさえ冷笑で迎えられる。厭気がさしたポンペイウスは、アルバの別邸にこもって首都には顔も見せなくなった。

紀元前六〇年も早々に帰任したカエサルだが、彼が心に決めていたことは明らかだった。カエサルは、翌年度の執政官就任を狙(ねら)っていた。だが、選挙はその年の夏に行われる。選挙の前に立候補の届出をすませ、元老院からの認可も得なければならない。立候補届出は本人の出願と法で決められているので、その前に凱旋式を済ませ、市内に入れる身になっておく必要があった。ために、帰国後ただちにカエサルは、彼自身は規則どおりに市外に留まりながらも代理人は市内に派し、元老院に凱旋式挙行の許可を乞(こ)うたのである。

だが、ポンペイウスの執政官選出の意図までつぶした「元老院派」は、カエサルに対しても同じ戦法を使った。

「元老院派」は、ポンペイウスを危険視したのとはちがう理由にしても、カエサルも危険視していた。カエサルの力はいまだ軍事力を背景にしたものではなかったが、公職を歴任しはじめた五年前からの彼の言行はすべて「元老院体制」打倒という一本の糸で結ばれていることに、「元老院派」は盲ではなかったのである。三年前の「カテイリーナの陰謀」当時に、キケロは、カエサルの提案も小カトーの反提案も成された後の最終弁論で、次のように述べている。

「さて、元老院議員諸君、提案が出つくした今、そのうちのどれが妥当かを検討してみる必要があると思う。まずはじめは、カエサルの提案の検討だが、彼が『民衆派』

に属す以上、彼の提案を容れた場合は一般市民の暴力的な抗議に直面する度合が少なくなるかと思う」

要するにカエサルは、三十七歳前後ですでに、元老院議員でありながら反「元老院派」の中心人物と思われていたのである。この三年後に「元老院派」が、そのようなカエサルに対して姑息(こそく)な仕打ちをする機会を逃さなかったのも、彼らにしてみれば当然だった。

カエサルは、ポンペイウスが置かれたと同じ立場に立たされたことになる。凱旋式を挙げたければ、少なくとも前五九年度の執政官は断念せざるをえなく、執政官になりたければ、ローマの男にとっては最高の栄誉である凱旋式を犠牲にせざるをえない、という選択を迫られたからだった。それも、実現すれば凱旋式は三度目、執政官は二度目という、ポンペイウスとはちがう。カエサルにとっては、凱旋式も執政官も、はじめて訪れた機会なのである。だが、迷っているうちにも、時間切れは迫っていた。

カエサルは、ついに心を決めた。乗る馬だけは凱旋将軍並みに白馬を選んだのは、彼の決心がいく分かは後ろ髪を引かれるものであったことを示している。白馬を駆って城門をくぐった彼は、まっすぐにカピトリーノの丘を目指した。国家公文書館での、執政官立候補の届出をするためである。元老院も、立候補には認可を与えざるをえなかった。法務官(プラエトル)、前法務官(プロプラエトル)としての属州総督、加えて凱旋式挙行の資格も充分な軍事実績では、立候補を認めないわけにはいかなかったからである。四十歳のカエサルは、名よりも実(じつ)を取った。栄誉よりも、権力を選んだのであった。

しかし、立候補はしたものの、それは即、当選とはかぎらない。カエサルの立候補を認めざるをえなかった「元老院派」は、彼らが一体となって推す、強力な対抗馬二人の立候補も認めたからである。「民衆派」のカエサルには一般市民の支持が頼りだったが、彼への支持は現段階では支持よりも人気に近く、それを支持に換える凱旋式は犠牲にしてしまっている。この現実を知るカエサルは、フォロ・ロマーノの演壇の上に純白(カンディド)のトーガ姿で立つ、つまり立候補するだけでは、当選確実ではないと考えたのであった。

「三頭政治(トリウンヴィラートウス)」

いつ、どこで、どのようにポンペイウスと接触したのかは知られていない。アルバの別邸に、カエサルのほうが訪ねたのかもしれない。六歳しか年がちがわないのだから、もちろん知らない仲ではない。知名度では格段にちがう二人だが、ポンペイウスはカエサルに対し、好意ならばもっていた可能性は充分にある。七年前の海賊一掃作戦の際、またそれにすぐつづいた東方遠征に際しても、ポンペイウスに大権をゆだねるのに反対であった元老院の中で、キケロとともに賛成した一人がカエサルだった。ただし、ポンペイウスの遠征中に彼の妻のムチアをカエサルが寝取ったという一事があったが、ポンペイウスはムチアに未練がなかったのか、二人の男の間では、そのようなことは障害にはならなかったようである。

秘かな協約が二人の間で結ばれた。ポンペイウスが旧部下たちに動員をかけ、彼らの票でカエサルの当選を助ける代わりに、執政官となったカエサルは、ポンペイウスの旧部下たちへの農地給付と、ポンペイウスが組織したオリエントの再編成案の承認を実現させる、という協約である。これで、カエサルの当選は確実になった。

しかし、二者連合では、ポンペイウスとカエサルの力関係がつり合わない。ポンペイウスのほうが、断じて強いのである。それで、これもまたカエサルの提案で、クラッススも加えて三者連合にすることになった。研究者の多くは、クラッススを加えたのはカエサルが、最大債権者を無視できなかったからだ、とするが、「カエサルとお金」の項で述べた理由で、私はそれには与しない。私の考えでは、最大債権者であることでカエサルという〝不良債権〟を見捨てることができず、それゆえにカエサルを援助しつづけるしかなかったクラッススを加えることで、自分とポンペイウスの関係の均衡を図ろうとしたのだと思う。クラッススへの参加の呼びかけは、至極容易であったろう。ポンペイウスには敵対意識を燃やすクラッススのことだ。ポンペイウスが一枚嚙んだと知れば、彼も嚙まないでは夜も眠れなかったからである。ポンペイウスにクラッススの参加を納得させるのは、少々むずかしかったかもしれない。二人の仲の悪さは有名だったし、ポンペイウスはクラッススを、常に一段低く見ていたからだ。しかし、クラッススは経済界の代表である。ポンペイウスとて、自分が制覇した東方の統治が順調に行くか否かは、経済界の協力いかんにかかっている現実は知っていた。そして、クラッススのほうも、ここで協力することは、自分が代表する「騎士階級」（経済界）の市場の拡大になるのがわかっていたのはもちろんだ。

こうして、紀元前六〇年の春から夏にかけて、史上有名な「三頭政治」は成立したのである。四十歳を迎えたばかりのカエサルは、圧倒的多数の票を得て執政官に当選した。「元老院派」の推した二人のうちではビブルスだけが、ようやく二位にくいこんだ。しかし、カエサルの当選が決まった後も、「元老院派」は、半年近くもの間「三頭政治」の存在を知らなかった。秘密に保つ必要が、「三頭」にはあった。なぜならそれが、ローマ人の慣れ親しんできた政体とは、まったくの別物であったからである。

カエサルの創案であることでは古今の史家の一致する「三頭政治（トリウンヴィラートゥス）」だが、その評価となると必ずしも一致しない。古今を通じて大勢を占めてきたのは、三人の実力者が相互の私益に利するのを目的に結んだ同盟関係、という意見である。ポンペイウスとクラッススの二人に関してならば、それが妥当な解釈であるのは私も賛成だ。そしてカエサルに関しても、目的の半ばは眼前の利益、この場合は彼の私益にあったのは、私とて同意するにやぶさかではない。

だがカエサルという男は、「女」や「金」の項でも如実（にょじつ）に示されたように、一つのことを一つの目的でやる男ではないのである。

つまり、私益は他益、ひいては公益、と密接に結びつく形でやるのが彼の特色である。なぜなら、私益の追求もその実現も、他益ないし公益を利してこそ十全なる実現も可能になる、とする考えに立つからである。

この考えは、別にカエサルが天才であったから考えつき実行できたことではなく、われわれ凡人の多くも、意識しなくても日々実行していることである。自分自身のやるべきことは十全にやることで、私益→他益→公益となることによって。なぜなら、人間の本性にとって、このほうがよほど自然な道筋であるからだ。ルネサンス時代の政治思想家マキアヴェッリも、この考え方の妥当性を強く主張した一人であった。つまり、公人であろうと、その人の私益の追求は認めらるべきである、と。なぜなら、私益の追求を公認することこそが、公益の実現にも、より健全でより恒久的な基盤を提供することになるのだ、として。

「三頭政治」という新システムの樹立によって得るカエサルの私益は、執政官当選と、予想される「元老院派」の反攻に対しての、執政官任期中の強力な〝与党〟の確保であった。そして、他益は、〝与党〟ポンペイウスとクラッススへの、利益誘導であったことはもちろんである。では、公益は、カエサルの考えでは何であったのか。

カエサルが若い時期から反「元老院派」であったのは、これまでの彼の諸々の言行が示すとおりである。これまでにも彼は、「元老院派」が固執する元老院主導の共和政体という現体制の打倒を明らかにしてきた。だが、そのカエサルの立場を単なる反体制と思っては、読みをまちがうことになる。これまでの「反体制」は、グラックス兄弟以来、護民官勢力であったからだ。

名門貴族に生まれたユリウス・カエサルには、護民官になる資格はない。護民官とは、紀元前四九四年の設立当初から、貴族に対して平民の権利を守る目的で設立された地位だから、貴族にはそれに就く権利がないのである。一方、もともとは平民出身でも先祖に執政官を出した実績をもついわゆる平民貴族には、護民官になる資格を認められている。グラックス兄弟もドゥルーススも、またポンペイウスもクラッススも、平民貴族であるがゆえに資格があった。

しかし、もしもカエサルが護民官になれる立場に生まれていたら、護民官になることで反体制運動を進めたであろうか。私は、しなかったのではないかと思う。なぜなら、彼は、反体制とは体制が強力でないと成り立たないという、逆説的存在であることに気づいていたからだ。グラックス兄弟の時代はまだ、ポエニ戦役当時の実績が尾を引いていて、「元老院体制」は強固そのものであった。グラックス兄弟には、護民官になって、硬直した体制に抗しそれにゆさぶりをかける意味は充分にあったのである。だが、あれから七十年、体制側は弱体化し無力を露呈しつづけてきた。何かあれば、マリウスやスッラやポンペイウスという、優れた個人が乗り出さないかぎり、問題の解決は成らなかったのである。

その原因は、二つに大別されるだろう。まず第一に、元老院階級の動脈硬化現象。

第二は、ローマが、元老院主導の共和政というローマ独自の政体を導入した時代とは比べようもないほどに、統治の領域が拡大したことである。昔なら、ローマとその近郊からローマ市民、つまり有権者がローマに集まって開かれる市民集会で、執政官以下の公職が選挙によって決まるのも、意味があると同時に現実的でもあった。しかし、領土がイタリア半島を占めるまでに広がり、そこに住む自由民すべてがローマ市民権をもつようになった紀元前九〇年前後から、市民集会での選挙も意味が薄くなり非現実的に変わってくる。しかもその後も、ローマ市民の住む地域は広がる一方だった。地中海全域に散ったローマ市民の数も、増大の一方になる。それらの人々のうちどれだけが、年に一度の執政官選挙、またこれも年に一度の護民官選挙のたびに首都ローマにまで来られるであろうか。前一世紀のローマの現状は、首都とせいぜいがその近くに住むローマ市民権所有者だけが、市民権を行使できるという状態になっていたのである。

これに、長くつづいたシステムには必ず生まれる、当事者たちの才能と力量の衰退が加わる。表面的には堅固きわまりないシステムに見えた「元老院体制」も、実際は堅固どころではなく、反体制側が攻撃を集中するには値しないとカエサルは見たのではないか。スッラの改革の目的も、この「元老院体制」の強化にあったのだから。これが現実では、反体制勢力の先頭に立って体制を攻撃するよりは、新システムの樹立を心がけたほうが意味がある。

「三頭政治（トリウンヴィラートウス）」とは、現代のサミットであったとさえ私は思う。いかなる小国といえども平等に一票をもつ国連総会と、それでは非現実的という考えで設置され、これだけはラテン語そのままのＶＥＴＯの権利を与えられている安全保障理事会の並立制をとっていながら、国連は今や、統治どころか調整の能力でも信頼を寄せられていない。一方、サミットは実力をもつ国の集まりである。そして、拒否権（ＶＥＴＯ）を認めていない。もしも現在のサミットに、冷戦後の変化に適応する策として政治サミット化の傾向がより強まれば、統治能力の回復という意味では、「三頭政治」を考案したカエサルの考えに似てくる。「三頭政治」も、現代のサミット同様に公的な機関ではなかった。より多くの衆知を集めればより良いことができるとする、民主的共和的考え方へのアンチテーゼであったことでは確かだが。ちなみに、ローマの政体で拒否権を認められていたのは執政官と護民官のみであり、護民官が乱発する拒否権によって、ローマの国政は動きがとれなくなることしばしばであったのだ。

カエサルによる新秩序樹立を目標にした国家の大改造は、ポンペイウスに勝つ紀元前四八年からはじめられるのではない。ルビコン川を渡った、前四九年にはじまるのでもなかった。前六〇年、「三頭政治」の樹立によってはじまるのである。現代の研究者でも、幾人かははっきりと言う。「元老院主導によるローマの共和政は、三頭政治の出現によって崩壊した」と。

しかし、この種の徴候に気づく同時代人は、いつの世にも少ない。おそらく、ポンペイウスもクラッススも、「三頭」システムの真に意味するところを知らないで参加したのではないかと思う。ただし、この二人でも、「三頭政治」が従来のローマの政体では異物であることはわかっており、それゆえに、可能なかぎり内密にしておく必要は知っていた。「三頭」は実に、半年もの間知らんぷりで通すのである。情報通を自認していたキケロでさえ、まったく気づかなかったほどに。それどころか、カエサルのポーカー・フェイスに欺(あざむ)かれる始末。カエサルの執政官最高位当選に警戒心をいだいた「元老院派」だったが、この派のスポークスマンのキケロに、カエサルは早くも手を打つ。腹心のバルブスに、キケロを訪問させたのである。キケロ自身が親友のアッティクスに書いた手紙のその箇所を直訳すると、次のようになる。

「バルブスが来て言うには、カエサルは、このわたしからの協力をあてにしているという。カエサルはバルブスに、こうも言ったというのだ。自分は何にしろキケロとポンペイウスの判断に従うつもりでいるし、ポンペイウスとクラッススの関係改善にも努力するつもりだ、と。そうなれば、われら『元老院派』はポンペイウスと良好な関係をもてることになり、カエサルとさえも、良好な関係樹立も夢でなくなるというわけだ。こうなれば仇敵(きゅうてき)同士は仲直りし、民衆もおとなしくなり、わたしの老後も平穏というわけなのだが」

バルブスの訪問でたちまち警戒心を解いたキケロは、つづけて書く。

「ポンペイウスも飼い慣らせたのだから、カエサルならばずっと簡単に飼い慣らせるだろう」

しかし、紀元前五九年一月一日に執政官に就任したカエサルは、飼い慣らされるような器(うつわ)ではないことを示すことになる。

執政官(コンスル)就任

統治者の器量は、一日の計で成されたことが百年の計になるか否かによっても計られる。紀元前五九年は、四十代に入ったカエサルにとって、借金と女たらしの才能以外にも能力があることを、ローマの一般市民に印象づける年になった。

ユリウス・カエサルの初の執政官就任は、「元老院派」のみでなく穏健な市民たちからも、久々の急進派の登場ということで不安の面持ちで迎えられた。カエサルはまず、この空気をやわらげることから着手する。ローマの伝統の破壊者ではないことをアッピールしたのだ。二人の執政官は、獲得票数に関係なく、軍団総指揮権ならば一日交代、二人とも首都にいる場合の政務も一ヵ月交代という、共和政初期には厳重に守られていた習慣を復活させたのである。そして、政務の最高司令官でない月の執政官は、執政官には従(つ)いてまわる警士(リクトル)十二人も、公権力の象徴(シンボル)である権標(ファッシ)を持たないで従う伝統も復活させた。

権標を持つ警士の服装

こうして、ローマの伝統の破壊者ではないことを印象づけたカエサルは、しかしすぐつづけて、誰一人想像せず誰一人待ってもいなかったことを、執政官通達の形で実現したのである。それは「アクタ・ディウルナ」とか「アクタ・セナートゥス」とか呼ばれ、直訳すれば「日報」ないし「元老院議事報」となる。元老院で行われる議事や討議や決議のすべてを、会議の翌日に、フォロ・ロマーノの一角の壁面に張り出すのだ。口述筆記が多用されたローマ社会では、速記の技術も普及していたので、やる気になりさえすれば実現は容易だった。後世の学者たちは、新聞のはじまりであった、と言っている。だが、今日的に解釈すれば、CNN的テレビが元老院会議場にもちこまれた、と考えた方がより適切かと思う。

それまでの元老院会議は、言ってみれば会員クラブのようなもので、そこでなされる討議も採決も、閉じられた扉の向うで行われ、一般市民はその内容を、扉が開かれて出てくる議員たちの発言か、市民集会に提出されたときにしか知ることはできなかった。それをカエサルは、公開にしてしまったのである。有権者は情報を与えられる権利をもつという、誰も反対できない理由による執政官通達では、元老院も黙るしかなかった。

「アクタ・ディウルナ」の制度は元老院にとっても打撃だったが、とくにキケロには打撃だった。キケロは物書きの習いで、推敲（すいこう）を常とするのである。発言も、議場外でくり返すときは推敲するし、友人アッティクスの経営する〝出版社〟から筆写本で出す弁論集などは、相当に手を入れてから刊行する。キケロに弁護してもらったのに敗訴に終わり、マルセーユに自主亡命した人物が、自分を弁護した弁論集を読んで言ったという話は有名だ。その人は、キケロがこれに書いているように弁護していたならば、オレもこんなところで魚ばかり食ってることはなかったのだ、と慨嘆したのだった。CNN的テレビで逐一報道されては、これまでのように、推敲したり着色したり、自分たちに都合の良いように編集したりして伝達してきた者は、商売あがったりである。「日報」制度を導入することで、カエサルは、元老院のもっていた特権の一つを突き崩したのであった。

内政の最高司令官でない月でも、カエサルは休まなかった。自派の護民官ヴァティニウスを使って、護民官立法の形で法案を提出したからである。ポンペイウスが制覇した東方諸国の再編成案が、元老院の反対で宙吊り状態にあったのも、このやり方で政策化した。

このやり方とは、元老院が承認を拒否しても護民官が議長を務める平民集会で可決されれば、政策化も可としたホルテンシウス法の活用によってである。ポンペイウスも、三年ぶりに面目をほどこせたのだった。それに、表面的ならばポンペイウスとクラッスへの利益誘導にしか見えないこの法案も、「二頭」それぞれへの利益誘導を組み合わせたことによって、属州の経済活動の活性化にもつながってくる。属州の活性化は、首都もふくめた、ローマ世界全体の活性化につながるのだった。

　カエサルは、自分の担当する月になれば、執政官立法の形で法を提出することを忘れなかった。その一つは、直訳すれば「ユリウス判例法（レパートリー）」とするしかないが、意訳すれば「ユリウス国家公務員法」としてもよい法である。要するに、ローマが統治する全域にわたって、そこで勤務するすべての公職者がどう振舞わねばならないかを、百十数項目にわたって定めた法なのだ。この法律はまた、これより六百年後にローマの全法律を集大成した、ユスティニアヌス帝の『ローマ法大全』にも収録されることが示すように、国家ローマが存続するかぎり効力をもちつづける法になった。

　しかし、この法でも、読みとりかたによっては、あらゆることを一つの目的だけではしない、提案者カエサルの深謀遠慮がうかがいとれるのである。

　まず、公職にある者は、一万セステルティウスを越える額の贈物は受けてはならないと定めている。一万セステルティウスとは、一兵卒の給料の三十五年分になる。ということは、これは低・中級の公務員の公共倫理の浄化を目的にしたというよりも、長期にわたって元老院議員が独占してきた、属州総督をはじめとする高級公務員の資金源を断つのが狙いであったことがわかる。それに、少額といえどもあらゆる贈物は受けてはならない、では、人間の本性に無知であることの証明でしかないではないか。そして、これに違反した者は収賄罪に問われるだけでなく、罪が決まれば元老院の議席を剝奪されるとあることからも、カエサルの狙いが元老院のもつ権力の切り崩しにあったことは明白だ。とはいえ『ローマ法大全』にも加えられるくらいだから、長く生命を保てる法律であったことはもちろんである。

また、公務に就く者の倫理の浄化さえ成れば、統治がうまくいくというわけではない。統治される側の想いも、大切な要素である。そして、統治される側の想いが何によって左右されるかだが、古今を問わずそれは税金なのであった。スペインの属州総督時代にも、統治の重要事項として、税制の見直しをしたカエサルである。ローマの覇権下にあるすべての地方の最高位者でもある執政官になった年、彼は再びそれを持ち出す。「ユリウス国家公務員法」中の一項は、彼がいかに税制の公正を重視していたかを示して、現代でさえ考えさせずにはおかない。

それによれば、属州勤務の国家公務員には、納税者名簿の公表が義務となった。各属州の主要都市二箇所と首都ローマの計三箇所に納税者の一覧表が壁に張りつけられ、誰にでも一目瞭然ということにした。これによって、属州総督をはじめとする公務員の、属州民の納税の義務を決める段階での賄賂（わいろ）その他の情実を排除するのが目的である。ガラス張りこそが、現場での担当官のさじ加減、つまり職権の乱用をセーブできるからであった。また、納税者名が公表されては、支払いの困難な人に高利で貸しつけて荒稼ぎしていた、例えばキケロもあきれたブルータスのように、四八パーセントもの高利をむさぼっていた者もやりにくくなる。カエサルのこの法には、認められていた年利一二パーセントを越える高利を強いる高利貸しを排除する目的もあった。

だがこれとて、違反者には元老院の議席の剝奪が待っていたのだから、カエサルの考えに、元老院の権力の失墜があったことはもちろんである。

「元老院派」も、次々と与えられる打撃に無抵抗でいたわけではない。この派の重鎮のルクルスは、自分の反対意見が「日報」によって全市民の眼にさらされるのも覚悟のうえで、カエサル立案の法には元老院軽視が明らかであるとして反対した。それに対して執政官カエサルは、第Ⅲ巻『勝者の混迷』の二四六頁（文庫版第7巻一六九頁）でも述べた有名なルクルスの招宴に招（よ）ばれた席で、いかにも何気ないふりを装（よそお）いながら、小アジア属州総督時代のルクルスの不正を明らかにする証拠をにぎっているとささやいたのである。その年五十七歳だった、かつてのスッラ門下第一の勇将は、次の元老院会議からは何も発言しなくなった。

「元老院派」の若き論客小カトーに対しては、属州総督も経験していない三十六歳では、この手の脅しは使えない。また、若いだけに小カトーは、長演説という議事妨害で対抗してきた。だが、執政官には、支障なく議事の進行を果す任務がある。言い換えれば、守衛に命じて妨害者を排除することも認められていた。カエサルは、守衛に命じ、長演説をやめない小カトーを議場から連れ出させ、牢(ろう)に連行させた。小カトーが釈放されたのは、討議ならばすべてが終わった後だった。

「農地法」

執政官の任期も三ヵ月目に入った紀元前五九年の三月、カエサルはいよいよ宿願の法案を提出する。それは、グラックス兄弟以来の「農地法」だった。

政治家には、なるべくならば手をつけたくない政策がある。ローマでは、市民権に関する法と、農地改革に関する法がそれだった。いずれも、既得権者の側からの絶対の反対に加え、その法案が成立すれば利益を得る人々も、なにぶん新しいことゆえ、どこがどのように利益になるかがよくわからず、そのために支持したとしても生ぬるい支持しか与えない、という性質をもつ点では共通している。それで、これが提出されるたびにローマは流血沙汰（ざた）を起こし、提案者が殺されるほどの混乱を重ねてきたのである。

「市民権法」のほうは、紀元前九〇年の「同盟者戦役」で、いや応もなく成立することで解決している。残る難問は、前一三三年のグラックス兄弟以来、流血騒ぎと密接に結びついてきた「農地法」であった。しかも、前一〇〇年の護民官サトゥルニヌスの殺害以来、もう誰も提出する勇気を失って四十一年がたっている。ユリウス・カエサルは、それを再興しようとしたのである。

共和政下のローマでは、政策の実現には二通りの方法が認められていた。第一は、紀元前五〇九年以来の方法で、元老院で可決し、市民集会が承認する方法である。第二は、元老院は反対しても市民集会が可決すれば政策化は可能とした、紀元前二八七年のホルテンシウス法による方法だった。第二の場合の「市民集会決議（プレビシトゥム）」を表わすラテン語は、現代イタリア語でも「国民投票（プレビシターリオ）」として残っている。といって、かつての元老院決議は現代の国会決議とは同じではない。現代の国会は選挙で選ばれた議員で構成されるが、古代ローマの元老院は選挙の洗礼を必要としない人々で構成されていたからである。

紀元前一三三年のティベリウス・グラックス以来、「農地法」が常に国論を二分してきたのは、既得権をもつ人々の既得分をおびやかすことになるのに加え、その成立には常に第二の方法に訴えてきたからでもある。護民官が先頭に立ち、元老院の反対をしりぞけ、市民集会決議に訴えるという、反体制も明らかな方法をとってきたからだった。

カエサルは、宿願であった「農地法」を成立させるのに、まず第一の方法を試みる。なぜなら、元老院には議席のない護民官だったグラックス兄弟やサトゥルニヌスとちがって、カエサルは、元老院会議の議長役も務める執政官なのであった。

カエサルによって元老院に提出された「ユリウス農地法（レックス・ユリア・デ・アグラーリア）」は、七十年昔にグラックス兄弟を死に追いやった、「センプローニウス農地法（レックス・センプローニア・デ・アグラーリア）」の補正案に近かった。農地改革を最終目的にした法だが、私有財産権は基本的権利と考えるローマ法の精神に忠実に、いかに広大でも私有地は対象にされていない。再配分の対象は、あくまでも国有地（アジェル・プブリクス）にかぎられる。ゆえに、「農地法」によって土地を得ても、それは国から借用することを意味した。

国有地借用の上限は、戸主は五百ユゲルム（百二十五ヘクタール）。この他に息子の名義で、息子一人につき二百五十ユゲルム。ただし、一家全体の借地は一千ユゲルムを越えることは許されない。

現に一千ユゲルム以上借用している者は、過剰分は国家に返還し、国家は返済地の広さに応じて、補償金を支払う。

常設の委員会が設けられ、希望する市民に借用農地の再配分を行う実務を担当する。

ここまではまったく、グラックス兄弟の「農地法」と変わらない。カエサルの補正になるのは、次の諸項である。

一、国有地の借地権には、相続の権利は認めるが、他者への譲渡権は、二十年間は認めない。

農民の定着化こそ農地改革成功の鍵(かぎ)でもあるところから、グラックス兄弟は譲渡権をいっさい認めなかったが、カエサルは二十年後ならば認めるとしている。このほうが現実的と思ったからだろう。

二、国有地の借用を申請できる者は、ポンペイウスに従って五年の軍務を果した者の他に、三人の子をもつ無産者(プロレターリ)とする。

ポンペイウスの旧兵たちへの〝退職金〟は「三頭政治」成立時の条件であったから、

ここまでは利益誘導政策である。だが、カエサルは、ポンペイウスに満足を与えながらも、「農地法」の基本精神である、都市に流れこんで無産者化した旧自作農の再建は忘れなかった。小カトーの人気取り政策によって三十万人にもなった「小麦法」の享受者、つまり失業者問題は、あいもかわらずのローマ社会の現実であったのだ。

三、一千ユゲルム以上の不正借用地の国家返還に要する補償金と、新たに配分される土地への先行投資のための財源には、ポンペイウスがオリエントから帰国した時点で国庫に納入した、二億セステルティウスをあてることとする。

これで、「農地法」提出時には常に財源を問題にすることで反対してきた「元老院派」も、今回はそれを持ち出せなくなったわけだった。

四、不正借用地返還に際して払われる補償金の額を決めるのは、財務官の権限とする。

財務官とは、第I巻の一九七頁（文庫版第2巻一〇四頁）で述べたように、人口調査の担当官であるとともに、国庫の出し入れも担当する官職である。言ってみれば大蔵省だから、補償金の基本額を決めるのが彼らに一任されるのも、当然と言えば当然だ。だが、カエサルには別の狙いもあった。財務官には普通、執政官も経験ずみの元老院のお偉方が選ばれる。「財務官の権限とする」という点も、カエサルにしてみれば元老院懐柔策の一つであったのだ。

五、借用農地の再配分を実施する常設委員会は、二十人の委員で構成され、その委員会には、提案者は参加しない。

グラックス兄弟の「農地法」では、委員会は三人の委員で構成され、兄弟は自らそれに参加することで、農地改革が護民官主導の反体制運動でもあることを、明らかにしてしまっていた。反対にカエサルは、自分は参加せず、委員も二十人に増員し、その一人には「元老院派」も明らかなキケロを加えたりして、彼の農地改革の非党派性を強調するやり方を選んだのである。

しかも、国有地再配分の対象地域から、カンパーニャ地方をはずしている。ナポリやポンペイを中心とするこの地方の地味の豊かさはイタリア一で、この一帯には、元老院の有力者たちが借りまくって事実上の私有地にしてしまった、大農園が集中していたのであった。

これほどまでして元老院を刺激しないよう配慮したカエサルの「農地法」だったが、元老院での討議では反対が大勢を占めた。元老院主導の共和政を死守する想いの「元老院派」にとっては、「農地法」とは、イコール反体制運動なのである。キケロも反対し、小カトーにいたっては、例の長演説による議事妨害を再開した。第一日目は、カエサルは、小カトーの弁ずるままにまかせた。小カトーの長演説が終わったのは、日没時になってからである。元老院会議は、そこで散会した。

二日目、執政官カエサルは、小カトーが再び演説をはじめたとたんに守衛を呼び、退場を命じて連れ出させた。だが、小カトーが退席しても、元老院議員たちの消極的抵抗、つまり議事進行への非協力は止(や)まなかった。ついにカエサルは、席を埋める元老院議員に向って言った。

「元老院議員諸君、わたしは諸君に、国家にとっては重要このうえない『農地法』の、裁判官であり審判者になるよう依頼した。元老院での徹底した討議を経た後で、市民集会にまわせるよう期待したからだ。しかし、あなた方は、それをする意志もなく、それをする力もないことを示した。もはやこの後は、市民の決定にまかせるしかない」

カエサルは、強行突破を決めたのである。これまで内密にされてきた「三頭政治(トリウンヴィラートウス)」が、ローマの陽光の下に姿を現わすときでもあった。

その日の市民集会の展開を、現場証人でもあるキケロの書簡を中心に再現を試みれば、次のようになる。

南国ローマでは、三月でも陽光は遠慮なく降りそそぐ。フォロ・ロマーノの中央から少し北に寄ったところに、長さ二十四メートル奥行き十メートルの演壇がある。その前に、野天の集会場が広がっていた。そこにはその日、ポンペイウスの動員した彼の旧兵たちが、朝も早くからつめかけていた。彼らにとってはこれからの生活がかかっているのだから、動員がなくても参集したであろう。野天の集会場を囲むようにして建つ神殿や会堂(バジリカ)の柱廊も石段も、貧しい市民たちの短衣姿で埋まっている。三メートルの高さの演壇の前や左右は、紅色のふち取りの白いトーガ姿から一目で元老院議員とわかる、ローマの支配階級がとり囲んでいた。

その日の市民集会の議長役は、執政官のカエサル。一ヵ月交代の国政の長が自分にまわってくる三月を選んで、市民集会を召集したからである。もちろん、同僚の執政官ビブルスも出席している。ビブルスは、農地改革に反対する「元老院派」の執政官だ。七十年間というもの、それが取りあげられるたびに血が流れないではすまなかった、問題の「農地法」の成否が今日この場で決まるのである。賛成派も反対派も、状況の進み方しだいでは、一触即発の状態にあった。

執政官でも平時の服装は、元老院議員と変わらない。紅色のふち取りのある白いトーガを長身にまとったカエサルが三メートルの高さの演壇の上に立つと、神殿の柱廊に群らがった人とはちょうど同じくらいの高さになるが、野天の会場を埋める人々からは、はるかに見上げる位置になる。その位置からカエサルは、いかなる考えをもつ者でも発言の権利はあると言い、最初の発言者に小カトーを指名した。

演壇に上がってきた小カトーは、またも長演説による議事妨害をくり返すつもりでいたが、今度はカエサルが乗り出すまでもなかった。法案可決阻止の長演説とわかったとたんに、人々は演壇下に押し寄せ、怒号を浴びせかけ、何人かは演壇の上にまで駆けあがって演説中の小カトーを引きずり降ろそうとした。元気のある元老院議員たちがその彼を守り、周囲を固めて退場させなかったら、すんでのことで血を見るところだった。

自らは何もせずに小カトーの排除に成功したカエサルは、次の発言者に、同僚執政官のビブルスを指名する。一月一日の執政官就任の日からカエサルにやられっ放しのビブルスだったが、眼前で展開した小カトーへの市民たちの敵意には怖(おそ)れをなし、細々とした声で、鳥占いによると今日はこのようなことを決めるのに適していない、と言ったとたんに、市民たちからの失笑とブーイングを浴びて、自分から演壇を降りてしまった。

カエサルは、次の発言者に、クラッススを指名する。「三頭政治」の一頭でもあるクラッススは、短い演説で賛成の意を述べただけで降壇した。市民たちは、盛大な拍手でそれに応（こた）えた。クラッススが賛成したということは、「騎士階級」（経済界）が賛成したということであったからだ。

　四人目の発言者に指名したポンペイウスに対しては、カエサルはより効果的な方法で臨んだ。賛成と決まっているポンペイウスに賛成演説を求めたのでなく、この「三頭政治」の一頭に対しては、「ユリウス農地法」の一項目ずつをカエサルが読みあげ、その項目ごとにポンペイウスに、賛成か否かを問いかける方式をとったのである。演説が得意でないポンペイウスは、この方式を、カエサルの自分への思いやりと取ったのだったが。

　カエサルが一項目を読みあげ、それに対しての賛否を問われたポンペイウスが賛成と答えるたびに、群衆からは大拍手と大歓声が巻き起こった。全項目が終わっても、カエサルはポンペイウスを離さなかった。カエサルはポンペイウスに向い、法案というものは成立しただけでは充分でなく、その後の実施段階でも誰かが責任をもって監視する必要があるので、それをポンペイウスに引き受けてもらいたい、と言った。そして、それにポンペイウスが答えるのを待たず、市民たちに向って言った。

「この大いなる責務を、偉大なるポンペイウスが引き受けてくれるよう、願おうではないか、諸君！」

市民「ワァー、ワァー！」

野心家であるよりも虚栄家であるポンペイウスは、大歓声を一身に浴びて気分が高揚し、不得手も忘れて演説をはじめた。執政官と市民にこれほども頼りにされるのは名誉このうえもないことであると言い、「農地法」成立の必要性を説いたのである。演説の最後を、ポンペイウスは次の一句で締めくくった。

「もしも誰かがこの法案に剣を向けるようなことになれば、このわたしポンペイウスが盾となって立ちふさがるであろう！」

市民「ワァー、ワァー！」

情勢の急展開に危機感をあおられた「元老院派」に押し出されるという感じで壇上に上がったもう一人の執政官ビブルスが、執政官の職権でもあるＶＥＴＯ（拒否権）の発動を宣告しようとしたときである。同僚の発言を消すほどの大声で、カエサルは言った。

「市民諸君、執政官ビブルスの同意がないかぎり、諸君がいかに強く望もうともこの法案は陽の目を見ないことになる」

もう群衆は待ってはいなかった。演壇めがけて押し寄せる群衆を見て、ビブルスは拒否権発動をあきらめただけでなく、そのまま家に逃げもどってしまった。古代の一史家は、皮肉なのかユーモアなのか判然としない一句で、この場面を終えている。

「ここにいたって、試合は敵方全員の退場によって終わった」

「農地法」は、カエサルの考案どおりの形で成立したのである。だが「元老院派」にとっては、それだけではすまなかった。市民集会での成立という強行突破に訴えたカエサルは、原案にはなかった補正案も合わせて可決させたからだ。その一は、元老院議員には市民集会決議を尊重する誓言を義務づけたこと。第二は、原案にはなかったカンパーニャ地方も、不正借用地の返還対象地にふくまれるとしたことであった。「元老院派」は、一重にも二重にもKOされたことになる。反カエサルに燃える小カトーは、たとえ追放されても誓言はしないとがんばったが、キケロに説得されて屈服した。他の元老院議員たち全員も、心中の想いはどうであれ、市民集会での成立は尊重するという誓言をしたのである。これによって、「ユリウス農地法（レックス・ユリア・デ・アグラーリア）」は、グラックス兄弟の「農地法」とはちがい、〝与野党協賛〟の政策ということになった。つまり、流血なしの成立である。

キケロは、ローマではもうやることがなさそうだから別荘にでも行って執筆活動に専念するか、と友に書き、重なる不成功に落胆したビブルスは、執政官の任期中というのに私邸にこもって出てこなくなった。

ローマでは、年を表わすのに、建国以来何年というやり方でなく、誰と誰が執政官であった年、という言い方や書き方をする。市民たちは、この年（紀元前五九年）だけは、カエサルとビブルスが執政官であった年、ではなく、ユリウスとカエサルが執政官であった年だ、と言って笑い合った。紀元前五九年の四月には、「農地法」で決まった二十人委員会も活動を開始する。同僚が退場してしまったので、前五九年の四月から任期の終わる十二月までの九ヵ月間、カエサルは一人で国政を取りしきることになったのであった。

ガリア属州総督

実質的には彼一人となった紀元前五九年後半の執政官任期を、カエサルは無駄にしなかった。クラッススへの利益誘導が、まだ未解決だった。カエサルは、「属州法」の中の属州税徴収請負い業者法の修正案を提出する。ローマの属州税徴収は、「プブリカヌス」と呼ばれる、私営業者による入札制度で行われていた。落札に成功したプブリカヌスは、しかし、徴税分の三分の一をあらかじめ、予定納税の感じで国家に支払うことを義務づけられている。その予定納税分を廃止してほしいというのが、プブリカヌスも属する「騎士階級(エクイタス)」（経済界）の代表格のクラッススが以前から要請していたことだが、元老院に反対され実現していなかった。カエサルは、これを実現しようとしたのである。ただし、元老院が反対してきた理由が、三分の一の予定納税廃止は徴税請負い業者の経済的負担を軽くするにすぎないというのであったから、別の理由を示す必要があった。

カエサルのあげた理由は、次の二つである。

一、従来プブリカヌスたちは、予定納税分を見越した額を入札時の値としてきたので、当然属州税自体の増額になってきた。これでは、属州民にとっては、義務以上の税を収めることになりかねない。予定納税分の廃止が実現すれば、属州税の公正も実現することができる。

二、予定納税が廃止されて浮く分は、公共事業に投資されるよう奨励するのを、クラッススが責任もって行うと言っている。これが実際に行われるようになれば、経済活動の活性化につながる。

属州税徴収請負い業者法の修正案は、元老院で可決された。クラッススは、「騎士階級」（経済界）に対し、面目をほどこせたことになった。

今度は、ポンペイウスに面目をほどこさせる番である。ポンペイウスが制覇した東方世界の再編成案はすでに可決しており、また彼の旧兵たちへの土地給付も「農地法」成立で解決していたから、ポンペイウスに対しては三度目の利益誘導であった。だが、カエサルはこれも、ポンペイウスの私益を考慮すると同時に、ローマにとっての国益も共存させるやり方で解決する。

地中海に接する東方世界を事実上ローマの覇権下に収めるという大事業を成しとげたポンペイウスだが、エジプトだけは放置していた。放置できたのは、長きにわたってエジプトが、ローマの友好国であったからである。ところが、当時は十歳だったクレオパトラの父にあたるプトレマイオス十二世が首都アレクサンドリアの住民たちによって国を追われたときから、不干渉主義をつづけることもできなくなった。ローマの安全保障上、エジプトは重要であったからだ。カエサルは、イタリアに亡命してきたこの王を、ローマ軍の保護下、エジプトの王位に復帰させることに決める。「ローマの友人であり同盟者」であることを再確認した元老院令を得た王は、ポンペイウスの旧幕僚の一人に率いられた軍団に守られて王位に復帰した。これによって、ポンペイウスは、エジプトまで自分の保護者、つまり「クリエンテス（クライアント）」にしたことになった。

エジプト王は、この御礼として、ポンペイウスに三千タレント、カエサルにも三千タレント払うと約束したという。カエサルの分の三千タレントの半分は、クラッススへの借金返済で消えたが、残りの半分をカエサルは、エジプト王家の自分への債務として残した。

執政官カエサルの尽力によって、「ローマの友人であり同盟者」の肩書きを得ることのできた異邦人の指導者には、エジプト王の他にもう一人いた。ゲルマン民族の頭目、アリオヴィストゥスである。この人物は、ライン河を渡って河の西側に住みついたゲルマン人を、既成事実としてローマに認めてもらうために、この肩書きに示される関係をローマと結びたがっていたのだった。

それが実現するのに尽力したのはカエサルだが、この翌年からはじまる「ガリア戦役」で、カエサルにとっての最初の本格的な敵となるのも、このアリオヴィストゥスなのである。

ようやく、カエサル自らの私益を考慮する番がまわってきたことになる。だが、彼は、それを明らかにする前に、自らの立つ基盤を固めることからはじめた。

カエサルには、最初の妻コルネリアとの間に生まれたユリアという名の娘がいたが、すでに婚約者のいた娘の婚約を破棄し、ユリアをポンペイウスに嫁がせたのである。この結婚がローマの人々の格好の話題になったのは、花嫁の二十二歳に対し花婿の四十七歳という年齢の開きではなかった。若い妻と壮年の男の結婚は、ローマではとくに珍しいことではなかった。人々の噂の種になったのは、ポンペイウスが独り身になった原因が、そもそもカエサルにあったからである。妻とカエサルの間を知ったポンペイウスが、妻を離婚したからなのだ。ゆえにそれを話の種にする人々の口調も、醜聞を糾弾するというよりも、それを愉しむという感じが強かった。カエサルという男は、愛人にした女の誰からも憎まれず怒りも買わないという特異な才能の持主だったが、醜聞を起こしても、人々に眉をひそめさせるよりも愉しませてしまう結果に終わるという点でも、きわめて特異な才能の持主であったのだろう。

三年前に、これまた巷間を愉しませたボナ女神祭当夜の侵入事件で、「カエサルの妻たるものは、疑われることさえもあってはならない」などと大見得を切ったあげく離婚していたので、執政官当時のカエサルは独身だった。その彼が妻にと求めたのが、元老院の有力議員ルキウス・カルプルニウス・ピソの娘カルプルニアである。年齢がいくつであったのかはわからない。カエサルとの結婚はカルプルニアにとっては初婚だから、娘ユリアと同じ年頃の娘であったかもしれない。舅になるピソは、取り立てて才能のある男ではなかったが、学者肌で温厚な性格のおかげで敵が少なかった。もちろんこれも、カエサルにとっては政略結婚である。政略結婚ならば不幸な結婚とするのは、いかにも早計だ。ポンペイウスとユリアの結婚は幸福そのものであったし、困難に遭遇しても機嫌の良さを失わず、他者に責任を転嫁しない性質のカエサルは、妻にとっては意外と良き夫であったかもしれない。ただし、カエサルは、妻一人を守るポンペイウスとはちがい、その点ならばすこぶるつきの不貞な夫ではあったにしても。

こうして基盤を強固にしたカエサルは、忠実な護民官ヴァティニウスを提案者にして、「カエサルの属州統治権に関するヴァティニウス法」なるものを提出する。

執政官に立候補する段階で、「元老院派」がカエサルに対して行った意地の悪いやり方についてはすでに述べたが、執政官立候補を許してしまった後も、「元老院派」は姑息（こそく）な意地悪をやめたわけではなかった。当時のローマでは、執政官は当選の前にすでに、執政官の任期終了後に就任する属州を、元老院によって決められてしまう。これもまた「元老院体制」が振るう特権の一つだったが、就任後に執政官の権力を使って勝手に選べないよう、就任する前の段階で、元老院が決めてしまうのである。元老院によって決められていたカエサルの〝任地〟は、直訳すれば「森林と街道」であった。要するに、イタリア中の森林と街道担当というわけである。建設省と農林省的任務で、これを務めるには軍団は必要でない。「元老院派」がこの聞いたこともない任務を考え出したのは、たとえ執政官当選を阻止できなかったとしても、カエサルには軍事力をもたせたくないからであった。カエサルは、当初はそれに抗議もしなかった。執政官に当選するのが、何よりも先決したからである。だが、紀元前五九年も半ばを過ぎれば、六ヵ月後に就任する任地は現実の問題になる。「ヴァティニウス法」の目的は、この任地の変更にあった。そして、その頃にはカエサルも、「元老院体制」にはっきりと挑戦状をたたきつける、このような法の成立も見透せるだけの立場を獲得していた。

「カエサルの属州統治権に関するヴァティニウス法」とは、執政官を務めあげた後のカエサルの任務を、森林と街道担当から、「ガリア・チザルピーナ」(アルプスからこちら側のガリア属州)つまり北部イタリアと、イリリア属州、つまり現スロヴェニアに現クロアツィアの二つの属州に変更するという提案である。しかも、カエサルに与えられる任期は五年。そして、まかされる軍事力は三個軍団。

当然のことながら、「元老院派」は一丸となって反対した。元老院の中でも浮動票的な議員は、カエサルの舅になったピソの根まわしで賛成にまわったが、小カトーを先頭にする「元老院の体制堅持派」は、断固反対である。小カトーは、元老院の議場で、女を使った汚いやり方と、面と向ってカエサルを非難した。

しかし、「三頭政治(トリウンヴィラートウス)」は、このときも効力を発揮する。ポンペイウスとクラッスが、はっきりと賛成にまわった。それでも、元老院の大勢を変えるまでにはならなかった。結局、今度も強行突破である。市民集会が召集され、ポンペイウスとクラッススの賛成がそのまま反映されて、「ヴァティニウス法」は可決された。そして、元老院も、たとえ元老院が反対しても、市民集会の決議はそのまま政策化できる、とした「ホルテンシウス法」を持ち出されては何もできない。市民集会の決議を追認するしか、彼らにはできることはなかった。

ところが、これから一ヵ月も経ないうちに、「ガリア・トランスアルピーナ」（アルプスの向う側のガリア）つまり現南仏の属州総督だったメテルスが急死したのである。カエサルは、これも無駄にしなかった。「カエサルの属州統治権に関するヴァティニウス法」に、カエサルの任地には南仏属州も加えるという補正案が提出された。原案に承認を与えてしまっている元老院には、それに反対する理由がもはやない。こうして、カエサルは、三つもの属州の最高責任者を務めることになったのである。「ヴァティニウス法」によれば、四十二歳のカエサルがもつことになる権力は、次の諸事だった。

一、北伊ガリアとイリリアと南仏ガリアの三属州の、安全保障と統治の責任者である総督。

二、任期は、五年間。

三、軍事力、三個軍団に南仏駐屯の一個軍団を加えて、計四個軍団。

四、幕僚全員の任命権は、総司令官カエサルに帰す。

「元老院派」は、無力感を味わうだけだった。あれほど政治が好きだったキケロも、この後三ヵ月間も、別荘にこもって文筆業に専念する生活に入る。一方カエサルは、他の諸々のしておくべき事柄を消化するのに、忙しい日々を送っていた。

手足の確保

しておかねばならないことの第一は、ガリアに赴任してから後も、ローマの政界を遠隔操作できる手段を講じておくことであった。属州総督は、任地の属州に留まるかぎり軍団指揮権を認められているのであって、たとえ首都で自分に不利な動きが起ころうが、本国と属州の境界であるルビコン川を越えて首都にもどったりすれば、属州総督の地位とともに軍団指揮権を失うことになる。リモート・コントロールを怠れば、五年間オリエントで闘って帰国したのに、面目をつぶされただけでなく部下の兵たちに与える〝退職金〟としての土地給付も一時は危うくなった、ポンペイウスの二の舞になるのだった。それでもポンペイウスは、元老院体制強化に努めたスッラの子飼いの将であったことから、「元老院派」は彼を敵視していたわけではないのである。だが、カエサルの場合、「元老院派」は完全に彼を敵と見ていた。遠隔操作の重要度は、ポンペイウスよりもはるかに高かったのである。

「三頭」の談合で、翌・紀元前五八年度担当の執政官も決まった。カエサルの舅になった、舅といってもたいした年齢のちがいはなかったが、それでも近い縁戚関係になったピソと、ポンペイウスの右腕といわれたガビニウスの二人である。ポンペイウスの旧兵と「民衆派」カエサルを推す一般市民の票が合体すれば、市民集会は完全に左右できる。ボス三人の間での談合の結論はそのまま、市民集会での当選につながった。「元老院派」の推した対抗馬は、無惨な敗北を喫しただけだった。

翌年度の執政官を二人とも自派の者で固めても、カエサルにはまだ充分ではなかった。ピソとガビニウスの忠誠心には問題はなくても、彼ら二人の政治力に問題があったからである。また、政治力ということなら、「三頭」の一角を占めるクラッススも、完全な信頼を寄せられる男ではない。そしてポンペイウスは、若い妻との生活にひたりきりで、首都ローマよりもアルバの別荘にいることのほうが多かった。この状態で遠隔操作を機能させるには、「元老院派」の急先鋒である小カトーにも年齢的に対抗でき、キケロに対しては脅しをかける精力もそなえた若い行動家が必要だ。カエサルの視線がいつ頃からその男に止まったのかは明らかでないが、この任務には格好な若者がいた。

三年前の女神ボナの祭祀の夜に、カエサルの家に女装して侵入し、大騒ぎを起こしたクラウディウス・プルクルスである。証言を求められても知らないの一点張りで通したカエサルに対しては、恩こそあれ恨みはなかったが、アリバイ崩しに一役買ったキケロに対しては、深く憎み復讐を誓っていた。それよりも、ローマきっての名門貴族クラウディウス一門に属すこの若者は、なかなかの才能には恵まれていたのだが、目的意識は弱く、ゆえに才能も、あちこちにぶつかってはそのたびに派手に火花を散らすことで消費されるという欠陥があった。男子禁制の祭祀に女装して侵入したというのも、火花の一つであったのかもしれない。三十代の後半に入ったというのにこの面ではいっこうに成熟しない男だったが、この彼が次に狙ったのは、平民の養子になって貴族の地位を捨て、護民官選挙に打って出るという、これまた前例のないスキャンダルだった。

スキャンダル視したのは、元老院階級こそローマの指導階級であると自任している「元老院派」である。彼らにすれば、元老院階級の最も純粋な要素である名門貴族がそれを捨て平民になるなど、考えることすらはばかられる暴挙であったのだ。平民が名門貴族の養子に迎えられる場合も、そしてそれが反対の場合も、ローマではまず最高神祇官の認可を必要とする。最高神祇官だけは終身職だが、三年前からその地位は、カエサルが占めていた。いかにカエサルでもこのようなことは認めないと思っていた「元老院派」は、完全に裏切られた。カエサルは、許可を与えたのである。そして、次のハードルでもある市民集会の承認も、クラウディウスは越えることができた。プブリウス・クラウディウス・プルクルスは、平民風の呼び方に変え、プブリウス・クロディウスの名に変わった。この名で立候補した護民官選挙も、「三頭」の後援を受ければ当選確実だ。こうして、カエサルは、執政官時代の彼の手足として動いたヴァティニウスの任期が切れたその後も、自分の意を受けて動く護民官を確保したことになる。ただし、この名門貴族出の護民官は、根っからの平民出身のヴァティニウスとはちがって、手綱さばきには注意を要した。カエサルにとってのクロディウスを使っての「元老院派」対策は、毒をもって毒を制す、であったからである。

「ユリウスとカエサルが執政官であった年」と人々が言い合うほどカエサル一人が活躍した、紀元前五九年も終わろうとしていた。だが、人間がともすれば捕われる既成概念というものは怖(おそ)ろしい。それから自由になれない人は、「三頭政治(トリウンヴィラートウス)」もカエサル一人が取りしきった前五九年のローマの国政も、背後で糸を引いているのはポンペイウスだと思いこんでいたのだ。年齢ならば六歳のちがいしかなかったが、若くしてスタートしたポンペイウスの築きあげてきた声価は、この時点ではまだ、カエサルの遠く及ぶところではなかったのである。ゆえに、「元老院派」の中の血気盛んな若者たちが暗殺の的に考えたのも、カエサルではなくてポンペイウスであった。

三年前の「カティリーナの陰謀」時代に、キケロが密偵に使っていた男がいた。この男が、護民官の任期終了も目前のヴァティニウスのところに出向いて、ポンペイウス暗殺の陰謀があると密告したのである。ヴァティニウスは早速、執政官カエサルに告げる。カエサルは、密告者の提出した陰謀者の一覧表なるものに眼を走らせた。そこには、若手の元老院議員数人の名の後に、現職執政官のビブルス、「元老院派」の重鎮ルクルス、果てはキケロの名まで載っていた。これには笑いだしたカエサルは護民官ヴァティニウスに、名はこれだけか、とたずねた。護民官は、もう一人いたのですがと言って、その名も告げた。その年二十七歳だったブルータスである。護民官がブルータスの名を伏せたのは、カエサルとブルータスの母セルヴィーリアの愛人関係は周知の事実だったから、遠慮したのであろう。

　いずれにしても、執政官カエサルは、元老院にもかけずにこの一件を葬（ほうむ）り去る。密告者は報酬をもらう代わりに牢（ろう）に入れられた。ただし、密告者の処罰は公表した。もし仮りに暗殺計画があったとしても、その加担者たちに計画が漏れたことを暗示するためであったのはもちろんだ。暗殺は実行されなかった。それにしても、母親の愛人のおかげをこうむる自分を知らされたブルータスが、どんな想いをもったかは別である。ブルータスとは、この種の縁を愉快に受け取るには、まじめすぎる性格の持主であったのだから。

『ガリア戦記』

紀元前五八年から五一年までの八年間に成されたガリア戦役を叙述するに際し、この戦役の主人公であるカエサル自らが書いた『ガリア戦記』を参考にしないで叙述できる人は、古今を通じて一人たりとも存在しない。参考史料どころか基本史料が、『ガリア戦記』なのである。その客観度については、次巻の参考文献のページ（文庫版第13巻巻末）で述べるつもりなのでここでは省略するが、カエサルが総指揮をとったガリア戦役の叙述をはじめる前に、カエサルが書いた『ガリア戦記』を、文章の面から取りあげてみるのも一興かと思う。文は人なり、と言うではないか。ただし、彼の文章についての私の考えは、戦役の叙述が進むにつれて可能なかぎり原文を活用することで代えるつもりなので、ここでは他の人の評を紹介したい。ともあれこの二千年間、カエサルの業績に関しては意見が分れないでもなかった史家たちだが、カエサルの文章力についてならば、讃嘆で全員が一致してきたのである。二千年後でさえ文庫本で版を重ねるという、物書きの夢まで実現した男でもあった。それで、評なるものも浜の真砂（まさご）ほどあるため、とてもその一部でさえも紹介できない。ゆえに、古今から一人ずつを選んだ。キケロと小林秀雄ならば、代表選手としても不足はなかろうかと思う。

キケロ——紀元前五一年・記

これらの巻はすべて、裸体であり純粋であり、人間が身につける衣服にも似たレトリックを、完全に脱ぎ捨てたところに生まれる魅力にあふれている。

カエサルは、歴史を書こうとする者に史料を提供するつもりで書いたのかもしれないが、その恩恵に浴せるのは、諸々のことをくっつけて飾り立てた歴史を書く馬鹿者だけで、思慮深く賢明な人々には、書く意欲を失わせてしまうことになった。

小林秀雄——紀元後一九四二年・記

ジュリアス・シイザアに、「ガリア戦記」といふものがあるのは承知してゐたが、最近、近山金次氏の飜訳が出たので、初めて、この有名な戦記が通読出来た。少し許り読み進むと、もう一切を忘れ、一気呵成に読み了へた。それほど面白かつた。といふより、もつと正確に言ふと、ただ単にロオマの軍隊が、中途で休んでくれなかつたが為である。勿論、別して読後感といふ様な小うるさいものも浮ばず、充ち足りた気持ちになつた。近頃、珍しく理想的な文学鑑賞をしたわけである。……

扨(さ)て、「ガリア戦記」について書き始めたのを忘れたわけではない。それは、文学といふより古代の美術品の様に僕に迫り、僕を吃(ども)らせたので、文章が自らこんな風な迂路(うろ)を描いた。シイザアの記述の正確さは、学者等の踏査によつて証明済みださうだが、彼等が踏査に際し、地中から掘起して感嘆したかも知れぬロオマの戦勝記念碑の破片の様に、戦記は僕の前にも現れた。石のザラザラした面、強い彫りの線、確かにそんな風に感じられる、現代の文学のなかに置いてみると。文学といふものは、元来君等の考へてゐるほど文学的なものではないのだ、さう「戦記」は言つてゐる様な気がしてならない。昔、言葉が、石に刻まれたり、煉瓦に焼きつけられたり、筆で写されたりして、一種の器物の様に、丁寧な扱ひを受けてゐた時分、文字といふものは何んと言ふか余程目方のかかつた感じのものだつたに相違ない。今、さういふ事を、鉛の活字と輪転機の御蔭で、言葉は言はば全くその実質を失ひ、観念の符牒(ふちよう)と化し、人々の空想のうちを、何んの抵抗も受けず飛び廻つてゐる様な時代に生きてゐる僕等が、考へてみるのは有益である。読者の思惑なぞは一切黙殺して自足してゐる様な強い美しい形が、文学に現れるのがいよいよ稀(ま)れになつた。この様子で行くと、文学は、読者の解釈や批判との紛糾した馴合(なれあ)ひのうちに悶絶するに至るだらう。

「ガリア戦記」は、兵馬倥偬(こうそう)の間に、驚くべき速さで書かれた元老院への現地報告書に過ぎないさうである。而も、何故、僕は、紛ふ処のない叙事詩の傑作を読むのだらうか。訳文はかなり読みづらいものだつた。だが、そんな事は少しも構はぬ。発掘された彫刻の表面が腐蝕してゐる様なものである。原文がどんな調子の名文であるかすぐ解つて了ふ。政治もやり作戦もやり突撃する一兵卒の役までやつたこの戦争の達人にとつて、戦争といふものはある巨大な創作であつた。ガリア戦役といふ創作で、彼が通暁しなかつた一片の材料もなかつたであらう。知り尽した材料を以つてする感傷と空想とを交へぬ営々たる労働、これは又大詩人の仕事の原理でもある。「ガリア戦記」といふ創作余談が、詩の様に僕を動かすのに不思議はない。サンダル（軍靴）の音が聞える、時間が飛び去る。

カルタゴ生まれの奴隷でありながら、文才を認められてローマで成功した喜劇作者テレンティウスの作品を評したカエサルの言葉というのが伝わっている。宴の席かで成された余興で、まるで連句のように、キケロがはじめたものをカエサルが受けて後をつづけるという形式だ。

「光輝くテレンティウスは、至高の文人たちの間に、メナンドロスとともに座を占める。透徹した文体を愛した人、であったがゆえに」

Puri sermonis amator　透徹した文体を愛した人、とは、カエサルにこそ捧げられてしかるべき讃辞ではなかったか。このカエサルの文体は、次の三語で統括できるかと思う。

簡潔、明晰、洗練されたエレガンス。

なぜか作家たちは、シェークスピアもブレヒトもアメリカの作家ソーントン・ワイルダーも、別の時期のカエサルは書いているが、ガリア戦役時代のカエサルは書いていない。キケロの言う「馬鹿者」になりたくなかったのか。それとも、プルタルコスしか読んでいなかったらしいシェークスピアは別として、『ガリア戦記』と『内乱記』は読んだこと明らかな現代の作家ブレヒトもワイルダーも、簡潔、明晰、洗練されたエレガンスによって貫かれているカエサルの文章を前にしては、これ以上書く必要はないとでも思ったのであろうか。

だが、これよりガリア戦役の叙述を試みる私は、キケロが軽蔑した「諸々のことをくっつけて歴史を書く馬鹿者」にあえてなるだろう。なぜなら、カエサルは、相当に事情に通じている同時代人に向けて書いたのである。カエサルの同時代人と同じ理解度を、二千年後の人々にまで求めることはできない。また、ローマ文明とはちがう文明をもつ東洋人に、ローマ文明を母胎にしている西洋文明下の人々と、同じ理解度を求めるのも非現実的である。しかし、それでもなお私は、諸々のことをくっつけながらも、カエサルの叙述の仕方、ないし彼の肉声に、可能なかぎり近づこうと努めるだろう。なぜなら、私の書こうと試みているのは、カエサルという人間である。そして、人間の肉声は、その人のものする文章に表われる。

『ガリア戦記』は、前置きも導入部も何もなく、いきなり次の一句からはじまる。
「ガリアは、そのすべてをふくめて、三つに分れる。第一は、ベルガエ人の住む地方、第二は、アクィターニア人の住む地方、第三は、彼らの呼び方ならばケルト、われわれの呼び名ならば、ガリア人が住む地方である」

これで、たいていの物書きは、歴史家でも研究者でも作家でも、マイッタという気持にさせられる。なぜなら、文章を表現手段にする者にとって、前置きも導入部も書かずにいきなり本題に入るというのは、やりたいけれどやれない夢であるからだ。ヘロドトスもツキディデスも、ポリビウスもリヴィウスも、サルスティウスもプルタルコスも、いかなる目的で書くかを、冒頭か、でなければ文中のどこかで書かざるをえなかった。文章を表現手段に選んだ者は、自分が書くことの理解が所詮（しょせん）は読む人次第であるのは知っている。だが、知ってはいるが、この目的で書くというメッセージをまったく与えなくてよいとまでは、思い切ることはできない。読者は作者の敷くレールの上を走らねばならないとまでは思わないが、せめてレールはここにありますとぐらいは示さないと、不安でいられないのである。いったん示しさえすれば、安心して書きつづけられる。ということは、前置きとかイントロダクションとかは、読み手のためにある以上に、書き手のためにあるのである。

それほどまでに重要なことを、カエサルはまったくしていない。冒頭でもしなければ、文中でもふれていない。『ガリア戦記』にかぎらず、その後すぐつづいて書く『内乱記』でも、前置きも導入部もなしでいきなり本題に入る書き方を変えていない。

なぜなのか。

ある研究者が言うように、カエサルが「真に貴族的な精神の持主」であったからか。キケロの言うように、「裸体であり純粋である」文体を、カエサルが好んだからか。小林秀雄の言うように、「読者の思惑なぞは一切黙殺して自足しているよう」であったからか。

文は人なり、の視点で捕えるならば、三者三様ながらいずれも正しいと思う。しかし私は、正しいとしながらも、そのつづきを考えずにはいられない。つまり、カエサルは、前置きや導入部を、書か
ヽ
なかったのではなく、書け
ヽ
なかったのではないか、と。

達意の文章家である彼のことだから、技能的に書けなかったのではない。もっと別の理由で書けなかった、のではないかと思う。それについては、彼が、北伊と南仏とイリリアの三属州の総督に、なぜ五年間もの任期を望んだのかも合わせて考えれば、肉薄も可能になるのではないかと思う。

『ガリア戦記』の冒頭につづく文章で、カエサルは、ローマにとってのガリア問題は、彼がそれを担当することになる紀元前五八年にはじまった問題ではなく、その三年前に兆候が見えていたことであると説明している。

カエサルがガリアと呼んだ地方は、ライン河を境にして西方に広がる地方なので、現代では、南仏を除いたフランス全土、ベルギー、ルクセンブルグ、オランダの南部、ドイツの西部、そしてスイスまでふくむ広大な一帯である。つまり、後代の西ヨーロッパである。

カエサル時代のこの地方は、現代からは想像もつかないほどに未開発で、森林と沼と河川のほうが、耕地よりはずっと大きな部分を占めていた。ただし、水が豊かなうえに気候も厳しくはない。ために、学者たちの推計によれば、一千二百万にもおよぶ人口でも養っていけるだけの農産物と家畜を産した。カエサルは大きく分けて三分したが、未開でも豊かで人口にも恵まれていたためか、勢力の強い部族ならば十以上、小部族までふくめれば百近くの部族に分立しており、統一には遠いのが、紀元前一世紀のガリアの現状であったのである。

このガリアにとっての脅威は、ローマが属州にし、ギリシア人の都市マルセーユが健在な南ではなかった。ローマ化してローマ風に髪を短く切るようになった南部のガリア人に対し、ローマ人が「長髪のガリア」と呼んだ中部と北部に住むガリア人にとっての脅威は、東方にあった。ライン河の東側の森の奥深く棲む、ゲルマン人であったのである。ラインの西方とちがって、同じく森と沼でも、ラインの東方では気候が厳しい。増える一方の人口を養っていけるだけの、食糧を調達できる手段が充分でなかった。食べていけなくなった人々の眼が、食べていける地方にそそがれるのは自然の勢いである。ライン河を越えての「蛮族侵入」は、食糧調達が厳しくなるたびにくり返される恒例行事のようになっていた。

カエサルが、ベルギー人の住む地方と書いた北東部ガリアのほとんどは、紀元前一世紀の頃にはもはや、ラインを渡ってきて住みついたゲルマン系の人々で占められていたのである。このようにライン河の下流部の民族移動はことに盛んだったが、ラインの中流でも、そして上流でも、東から西に河を渡るゲルマン人は、増えこそすれ減

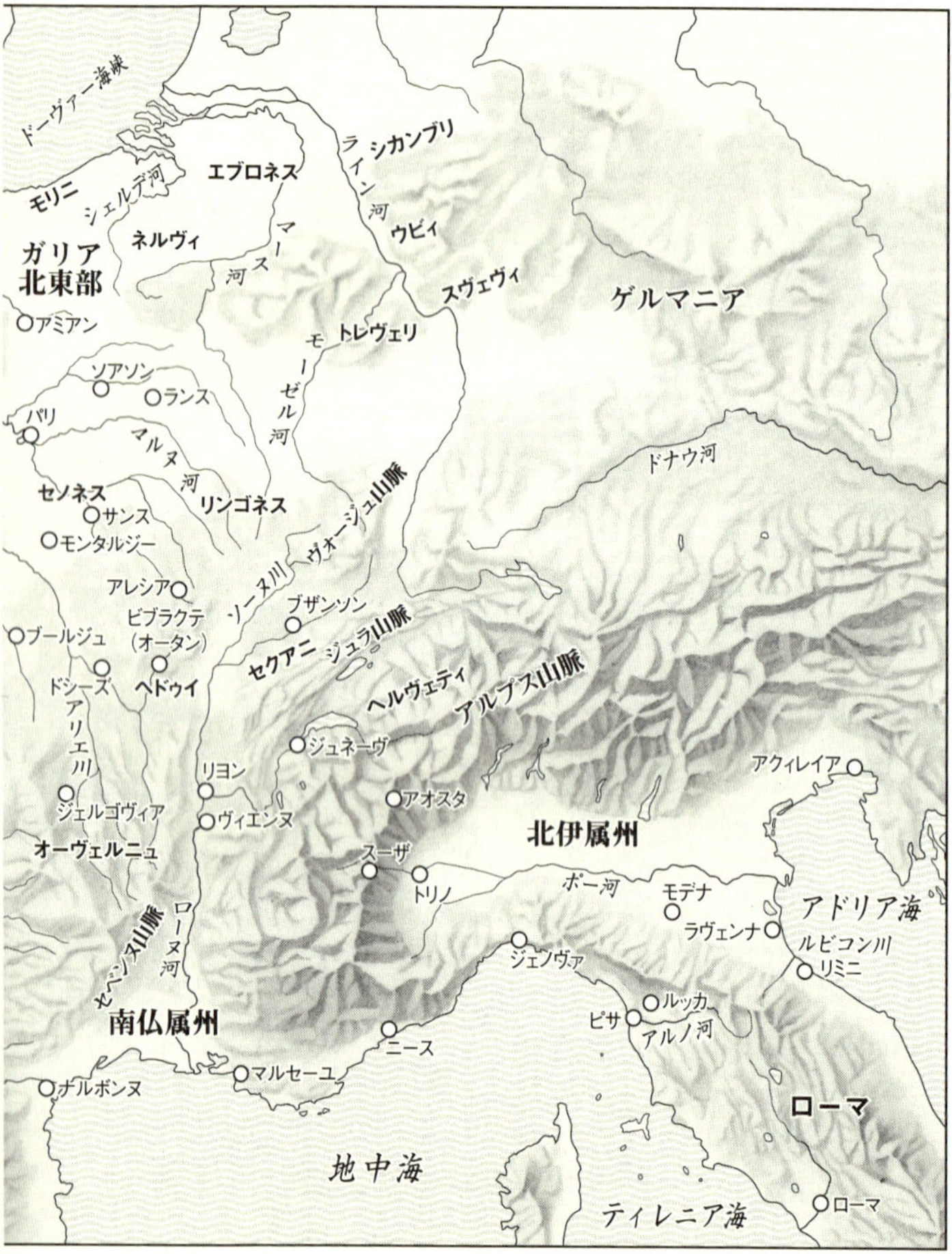
ドーヴァー海峡
モリニ
シェルデ河
エブロネス
シカンブリ
ライン河
ウビィ
ネルヴィ
マース河
ガリア北東部
スヴェヴィ
ゲルマニア
アミアン
トレヴェリ
モーゼル河
ソアソン
ランス
パリ
マルヌ河
ドナウ河
セノネス
リンゴネス
サンス
モンタルジー
ヴォージュ山脈
ソーヌ川
アレシア
ブザンソン
ビブラクテ
(オータン)
ブールジュ
ジュラ山脈
セクアニ
ドシーズ
ヘドゥイ
ヘルヴェティ
アルプス山脈
アリエ川
ジュネーヴ
リヨン
アクィレイア
アオスタ
ジェルゴヴィア
ヴィエンヌ
北伊属州
オーヴェルニュ
スーザ
トリノ
ポー河
モデナ
アドリア海
ローヌ河
セヴェンヌ山脈
ラヴェンナ
ルビコン川
ジェノヴァ
リミニ
ルッカ
ピサ
南仏属州
ニース
アルノ河
マルセーユ
ナルボンヌ
ローマ
地中海
ローマ
ティレニア海

N
0
100km
ブリタニア
テームズ河
ケント地方
イティウス
セーヌ河
ガリア中部
オルレアン
大西洋
ロアール河
ピクトネス
ビトゥリジ
サントニ
ガロンヌ河
アクィターニア
ピレネー山脈
スペイン属州

ガリア全図

少することはなかった。

まったく、西ヨーロッパにとってのゲルマン民族の脅威は、二千年このかた変わらなかったのかと思うと笑ってしまう。このゲルマンの侵攻を比較的にしても容易にしたのは、統一や団結を得意としないガリア人の性向にもあった。ラインの西岸に住みついたゲルマン人の頭目のアリオヴィストゥスが、ローマの元老院に「ローマの友であり同盟者」の称号を乞うて受け容れられるほどの力を獲得できたのも、部族間で争うことをやめないガリア人の部族が、敗色濃厚となるやゲルマン人に助けを求めたからである。ガリア人同士の争いを利用して、ゲルマン人はまるで紙に落としたインクが広がるように、ラインの西方に浸透しはじめていた。

それに耐えきれなくなったのが、レマン湖の東辺を居住地帯にしていたヘルヴェティ族である。ヘルヴェティという呼び方は現代でも使われており、スイス人を指す。ゲルマン人相手に闘って敗れたこの人々は、東からの圧力に押し出されるような感じで、より西方に、というより大西洋に接するガリアの最西部のブリターニュ地方に逃げ出すことに決めた。

部族あげての移動である。女子供もふくんだ総勢は、近隣の小部族にも同行を呼びかけた結果が三十六万八千人。このうちの九万二千が、戦闘要員でもある若・壮年の男たちで占められている。移動の準備も、二年も前からはじめられていた。持参する食糧二ヵ月分。後ろ髪を引かれることのないようにと、十二もの町と四百にのぼる村落を焼き払っての移動である。問題は、どの方角から西を目指すかということだった。

道筋は、二つあった。一つは、集結地のジュネーヴからはいったん道を、ローヌ河ぞいに西を目指す道筋である。二つ目は、ジュネヴァ（現ジュネーヴ）からまっすぐに南にとり、ローヌ河が境界のローマの属州に入る。そして、「属州ガリア・ナルボネンシス」（ナルボンヌのガリア）とも呼ばれている後代の南仏の北辺を通り抜け、オーヴェルニュ地方から再びガリアに入り、ガロンヌ河ぞいに北上して目的地であるブリターニュ地方に着く、という道筋だった。

まっすぐ西に進む第一の道は、短くてすむという利点があったが、ヘドゥイ族をはじめとする強力な部族の居住地帯を通り抜けて行かなくてはならないという不利があった。通り抜けて行くということは、戦いを重ねるということにつながる。一方、第二の道筋ならば、大きく南にまわり道をすることになるが、ローマの属州総督さえ了承してくれれば、戦闘のくり返しによる人命の犠牲を、比較にならないほど低く押さえられるという利点があったのである。

移動開始を紀元前五八年の四月と決めたヘルヴェティ族の長は、ローマの属州総督に対し、属州内の通行の許可を求めた。その年から五年間の総督は、カエサルである。カエサルは、この要請に対し、はっきりした拒否で答える。拒絶した理由は、公言可能なものに公言は不可能なものを加えれば、次の二つになった。

第一は、三十万もの人間と荷車と家畜の通行が支障なく行われるはずはなく、属州の防衛と属州民の安全を保障しなければならない立場としては、拒否するしかないこと。

第二だが、カエサルはもともと、この移動に反対であったのだ。ヘルヴェティ族が目的地に決めたブリターニュ地方は、無人の地ではない。ピクトネス族やサントニ族が長年にわたって住んでいて、彼らも、おいでくださいと申し出たわけではないのである。ということは、たとえ途中で戦いはしなくてすんでも、目的地で戦争が起こるのは眼に見えているということだ。それを発端として数多くの部族が乱立するガリア全体に戦乱が広がるようなことになれば、大量の難民の発生につながり、難民は戦乱に巻きこまれていない南を目指すにちがいなかった。南に位置するローマの属州の責任者であるカエサルにとっては、通行の許可たりといえども与えるわけにはいかなかったのである。

しかし、この時点でのカエサルの胸中には、彼が執政官であった一年前に、ゲルマン人の長アリオヴィストゥスの願いを容れて与えた「ローマの友であり同盟者」の称号が、逆効果であったことを認めざるをえない想いがあったろう。ローマの同盟者であると認めることは、ローマのコントロール下に置くということであったはずだ。それが、このゲルマン人は、ガリア人に対してならば好きなことをやってかまわない、という意味に受けとったようである。ゲルマンの脅威にさらされたヘルヴェティ族、つまりスイス人に、すんでのことで先祖伝来の地スイスを捨てさせるほどであったのだから。

カエサルに拒否されても移住は思い留まらなかったヘルヴェティ族は、やむをえずにしても移動の道筋を、直接に西にとる第一案にもどった。だが、本格的な移動はまだはじめてもいないというのに、移動方向に住む他のガリア部族との間に、問題は早くも起こったのである。それで、ヘルヴェティ族の移動は、再度南に向いはじめていた。カエサルは、このことの報告を、まだ任地に発(た)っていないローマで受けとった。

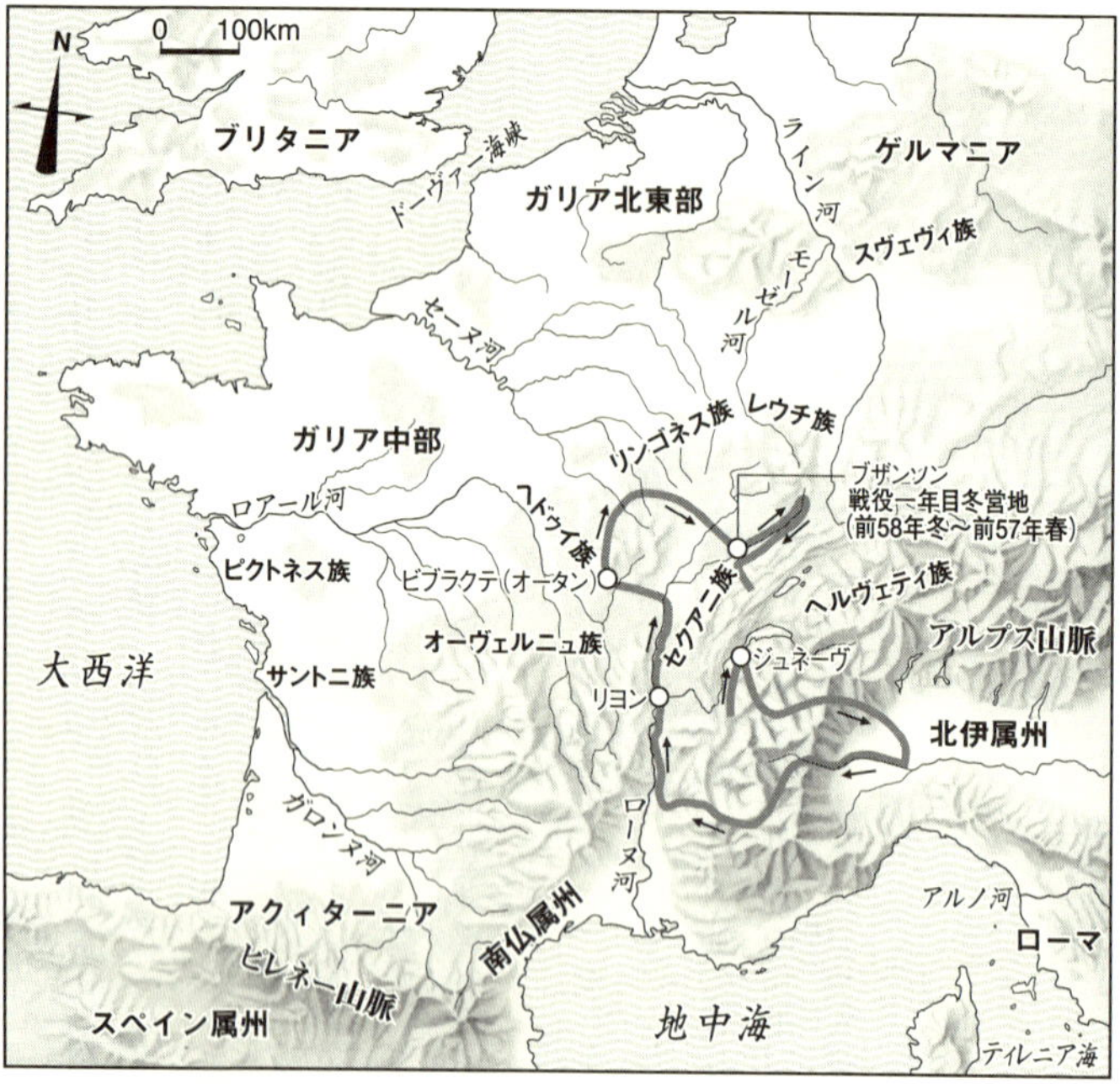

ガリア戦役一年目

紀元前58年
カエサル、42歳

前執政官(プロコンスル)の資格で属州総督に赴任するほどの人の出発は、ローマでは、連日の祝宴の後に家族や親族や多くの「クリエンテス」(後援者)に見送られての、大仰な出発になるのが普通である。属州総督とは、国家ローマの軍事をまかされた人であって、国家の防衛任務を輝かしいやり方で務めれば、同門の男たちや「クリエンテス」たちにとっては、出世の相伴も期待できるからであった。それに、ローマの男たちの好む言葉には「荘重(グラヴィタス)」がある。属州総督もの大任に就任するのだから、出発も荘重でなければならない。カエサルの場合は、五年間もローマに帰ってこられないのである。出発も、荘重でかつ大仰に成されて当然だった。しかし、四十二歳を迎えようとしていたカエサルのローマ出発は、母とのつながりの強い彼にとっては当り前の老母アウレリアへの数々の心遣いと、後事を託す人々への明確な指示に時間を費やした以外は、荘重でも大仰でもなく、市井(しせい)のローマ人ならば気づきもしない簡素さで行われた。ヘルヴェティ族の要請に拒否の回答を与えた直後に、わずか数騎のみを従え、急ぎ北に向ったからである。

数騎の内容は、カエサル自らが副将にと望んだラビエヌスと、誰かに託して子弟に武者修行をさせるローマの良家の慣習から、カエサルに託された若者たちである。その中には、「三頭政治」の一頭でもあるクラッススの長男も加わっていたし、カエサルとは縁戚関係にあるデキムス・ブルータスも、カエサルには甥にあたるクイントゥス・ペディウスもいた。いずれも、二十代半ばから後半に入ったばかりで、若さでも貴族の子弟であることでも共通していた。貴族出身者は、はじめから将官待遇である。といって、武者修行をはじめたばかりのこととて全幅の信用を置くことはできないので、カエサルは、平民出身のラビエヌスを、将官たちの首席の地位に就けたのであった。同年輩のラビエヌスとは、カエサルが政治活動を開始した五年前の紀元前六三年に、二人三脚の感じで活躍した、「元老院派」から見れば面倒ばかり起こしてくれた仲でもある。その年のラビエヌスは、護民官であったからだった。

紀元前五八年の春早くに任地入りしたカエサルは、彼の管轄下にある四個軍団に緊急召集をかけた。第七、第八、第九、第十軍団である。近くにいたのは第十軍団だけで、他の三個軍団は、現代イタリアでも北東の国境間近に位置する、古代では重要な港町のアクィレイアに駐屯していた。四個軍団合わせても、二万四千の兵力しかない。

カエサルは、この時点ですでに、第十一、第十二と名づけることになる二個軍団の新編成を命じている。軍団の新編成には元老院の許可が必要とされていたが、そのための時間的余裕はないと彼は判断した。カエサルは、アクィレイアからの三個軍団の到着も、二個軍団の新編成も待たなかった。到着次第、また編成次第、軍団は彼に追いつくようにとの指示だけ与えて、自らは第十軍団のみを従えてアルプスを越えたのである。そして、レマン湖からジュネーヴの前を通って流れ出るローヌ河の河岸に、誰もが待っていなかった姿を現わした。といって、彼はまだ、ガリアとローマ属州をへだてる境界は越えていない。境界ぎりぎりに姿を現わしたのである。

だがこれは、ヘルヴェティ族を驚かせるに充分だった。彼らはカエサルに使節を送り、再度ローマ属州内の通行許可を乞うた。三月末のことだった。使節に対してカエサルは、そのときは回答を与えず、考慮するゆえ半月後に来るよう言いわたした。時間稼ぎのためである。この間に彼は、中部ガリアからその南に位置するローマ属州への侵入阻止の策として、ローヌ河南岸に二十八キロにわたって高さ四・八メートルの防柵（ぼうさく）をめぐらせ、防柵の前方には濠（ほり）も掘らせたのである。工事は、第十軍団の兵士たちが担当した。そして、四月十五日になって訪れたヘルヴェティ族の使節に、今度ははっきりと、属州通過拒否を回答したのである。

またも、ヘルヴェティ族は混乱した。こうなっては西への一直線の道しか残されていないと覚悟した彼らは、その道筋に住むセクアニ族の説得を、さらにその西に住むヘドゥイ族に頼みこんだ。ヘドゥイ族は、中部ガリアでは最も強大な部族で、ローマとも友好国関係にある。部族の有力者には、ローマ市民権さえ与えられていた。

ヘドゥイ族の長は、ヘルヴェティ族の窮状を察し、通過させてやるようセクアニ族を説得した。説得は、成功だったのである。だが、三十万人の移動が、何の支障もなく行われるはずがなかった。やむをえずそこを通るしかなくなった者とやむをえず通させるしかなくなった者の間で起きた、ほんの小さな衝突がたちまち広がる。混乱の波はヘドゥイ族の土地にまで広がり、ヘドゥイ族は仲介の労をとったことを後悔したが遅かった。この間、カエサルと彼の軍団は、南にあって監視の眼を離さない。一種のシビリアン・コントロールである「元老院体制」下にあるローマでは、軍は国境を侵されないかぎり出動できないということを、国防の基本にしていたからである。

しかし、ヘルヴェティ族の通行からはじまった混乱は、混乱を越えて戦乱の様相を呈しはじめていた。自領を荒らされたヘドゥイ族は、同盟関係にあることで相互防衛も約した仲のローマに救援を求めてくる。それは、ガリアに最も近距離にいるローマの総督に、援軍派遣を求めてきたということであった。
この場合も、属州総督であるカエサルは、元老院に指示を仰がねばならないはずだった。だが、彼はこのときも、それを待っている時間的余裕はないと判断する。紀元前五八年五月、カエサルと彼の軍団は、南仏属州(プロヴァンス)の境界を越えてガリアに入った。入ってすぐのルグドゥヌム（現リヨン）で、ヘドゥイ族の代表と会う。ガリア戦線は、ローマとヘドゥイ族の共闘で行われることになったのである。しかし、ガリア人との共闘関係は、カエサルにしてなお、寸時も気の許せない信頼関係でしかなかった。だが、敵への不信だけでできる戦争とはちがって、政治は、敵でさえも信頼しないことにはできないのである。カエサルは、ガリアで、この意味の戦争と政治の両方を同時に進めようとしていた。

セクアニ族とヘドゥイ族の領土の境を流れる川に、アラウ川（現ソーヌ川）がある。ローヌ河に北から流れこむ支流の一つだ。流れはゆるく、筏(いかだ)でも渡れた。カエサルが放っておいた斥候のもたらした報告によれば、その川にヘルヴェティ族が群れているという。四分の三ほどは渡ってしまったようだが、残り四分の一はまだこちら側の岸にいるということだった。カエサルは、三個軍団だけを率いて、真夜中すぎに宿営地を後にした。
不意を突かれ、全体を二分された状況下では、スイス人はローマ軍団兵の敵ではない。こちら側に残っていたヘルヴェティ族の多くは殺され、殺されるのを免れた者は逃げ去った。すでに対岸に渡っていた同胞たちが手をつかねて見守るうちに、戦闘は終わった。

しかし、ここでもカエサルは、時間を無駄にしなかった。ただちに橋をかけさせたのだ。工兵に一変した軍団兵によって、橋は一日で完成した。

このローマ人の技術力を見て驚いたヘルヴェティ族は、カエサルに使節を送り、講和を結ぶよう求め、カエサルの指定する地に移住してもよいと伝えてきた。カエサルは、人質の提供とヘドゥイ族への損害賠償を条件に、講和締結を承知する。だが使節には、この条件が気に入らなかった。使節は、自分たちには人質を受けとる習慣はあっても、差し出す習慣はないと言って立ち去った。交渉決裂である。北に進路をとったヘルヴェティ族の後を、カエサルの六個軍団が追った。追跡行は、両者の距離が八キロ以上は離れないようにしながら、半月の間つづいた。その間、カエサルにとっては、共闘関係にあるヘドゥイ族からの兵糧提供がとどこおりがちになるという難問が生まれたが、これも、信頼は表わし不信は隠すというやり方で解決した。なにしろ、ヘドゥイ族から参加している四千の騎兵は、もともとからして騎兵戦力が不充分のローマ軍にとっては、無視を許されない戦力であったのだ。それも、騎馬民族として知られるヘルヴェティ族と戦うカエサルにとっては、重要このうえもないことなのである。さらに加えて、カエサルは敵地で闘うのだ。武将プラス政治家の力量が不可欠だった。

敵地で闘う総司令官にとって最も直接的な課題は、戦闘指揮とほとんど同じ比重をもつ重要さで、兵糧確保がある。戦争は、死ぬためにやるのではなく、生きるためにやるのである。戦争が死ぬためにやるものに変わりはじめると、醒(さ)めた理性も居場所を失ってくるから、すべてが狂ってくる。生きるためにやるものだと思っている間は、組織の健全性も維持される。その最もはっきりした形が、一兵卒にもわかるようにはっきりした形が、食糧の確保だった。カエサルは、その重要性を生涯忘れていない。

ローマの軍団では、十五日ごとに、一日一キロの割合で主食である小麦やその他を配給すると決まっている。内訳は、八五〇グラムの小麦、一五〇グラムの油脂(ラード)、二〇グラムのチーズに少々の酢であった。兵士たちはそれを受けとり、十人前後の班を組んで自炊する。配給の予定日が遅れようものなら、一兵卒でも兵糧が不足しているのに気づいてしまうのだ。進路を変えたヘルヴェティ族の後を追っていたカエサルが、たびたび戦機に恵まれながらも追跡行を中断せざるをえなくなったのも、配給予定日が二日後に迫っているというのに、充分な兵糧が確保できなかったからである。

十八ローマ・マイル（約二十七キロ）北東に、ヘドゥイ族の首都ビブラクテ（現オータン近く）がある。そこで兵糧を確保するつもりのカエサルは、軍団を北東に向けた。だがこれは、ローマ軍に参加していたガリアの一騎兵によって、敵に内通されてしまった。ヘルヴェティ族は、きびすを返す。これまでの戦機を活用しなかったローマ軍を過小評価したか、それとも兵糧補給を断つつもりでいたのか、ローマ軍にはじめて戦いを挑んできたのである。行軍のしんがりを攻めてこられたカエサルは、ただちにそれを受けて立った。

歩兵軍団のすべてを近くの丘にあげると同時に、騎兵団を敵に向けて送り出した。騎兵が敵の攻勢に対抗している間に、丘の中腹にはベテラン兵からなる四個軍団を、ローマ軍の伝統に従った三列の陣形で配置する。その背後には、新編成の二個軍団とローマ市民以外の兵からなる職能別の隊を置いた。天幕などのすべての荷を積んだ輸送車隊は、丘の上部に隔離され、兵士たちの邪魔にならないようにする。丘全体は、こうしてローマ兵で埋まった。

ローマ軍が、中隊(ケントウリア)、大隊(コホルス)、軍団(レジオ)の順に指揮官がそれぞれを担当する陣形であるのとは反対に、ガリア人の陣形は、ギリシアのファランクスに似た全軍の密集隊形をとる。これで、丘の下方から猛攻撃をかけてきた。

この戦闘でカエサルが命じた陣形こそ、背水の陣、というのだろう。丘の斜面に布陣しているのだから、簡単には逃げられない。形勢不利となれば馬に一鞭(むち)くれることもできる騎兵も、カエサルは自ら範を示して馬から降ろし、歩兵化してしまった。犠牲への平等と逃亡への期待を奪うためであった、と彼は書いている。

こうなればもう、闘うしかない。歩兵の主な武器の一つである投げ槍(やり)も、丘の斜面から下方に向けて投げるのに加え、敵が大型密集隊形で攻めてくるのが幸いして、的中率は見事なくらいに高かった。大密集型も、このために各所で崩れる。その崩れた部分を狙(ねら)って、ローマの第一軍列全員が抜刀姿でなだれこんだ。

守勢に立たされたガリア兵には、もう一つ不利があった。ローマ軍の投げ槍は、先端がしなうように改良されている。投げ槍が敵の盾をつらぬいたとたんにそこで曲がり、敵兵が盾から槍を引き抜こうにも抜けにくくするのが狙いだ。ヘルヴェティ族との戦闘でも、この狙いは的中した。二メートルもの長さの槍をつけたままの盾では、盾の用を成さない。ガリア人たちはそれを捨て、盾という防御なしで闘わざるをえなくなった。

これでは、三万のカエサル軍に対してその三倍は優にいたヘルヴェティ族の兵も、はじめに後退、次いでは退却するしかなくなる。一・五キロの後方にあった丘に向って退却していく敵を追うローマ兵は、しかし、盾で守られていない右手から、ヘルヴェティ族と行動をともにしていた他の部族のガリア兵に攻めこまれた。これを見たヘルヴェティ族も、いったんは逃げこんだ丘から降りてきて闘いを再開したので、ローマ軍は二手に敵を迎えてしまったことになる。だが、このような場合にこそ、三重の陣形が活きてくる。第一と第二はヘルヴェティ族に、第三列は新たな敵に立ち向う二方面戦闘で、攻防の第二部がはじまった。

勝負が決したのは、日没になってからである。ガリア人も敢闘し、第七時（午後の一時）からはじまった全戦闘を通じて背を見せた者は、日没までは一人もいなかった。生き残ったガリア人は、その夜のうちに北東目指して敗走した。

カエサルは、それをただちに追うことはできなかった。負傷者の手当と戦死者の埋葬で、三日足どめされたと彼は書いている。ただし、犠牲者の数がひどく多かったための足どめではなさそうである。四日目には、全軍で追跡行を再開している。三日間は、五時間もの激戦を闘い抜いた兵士たちに休息を与えるためではなかったか。忘れてならないことは、カエサルは子飼いの軍団を率いて闘ったのではないということである。第七、第八、第九、第十軍団は、彼が兵一人一人を選び、編成した軍団ではな

現在	ローマ時代	
6時（午前）	夜明け	
7時	第1時	
8時	第2時	
9時	第3時	
10時	第4時	
11時	第5時	
12時	第6時	
13時（午後1時）	第7時	
14時	第8時	
15時	第9時	
16時	第10時	
17時	第11時	
18時	日没	
19時		第一夜警時 又は 第一歩哨時
20時		
21時		
22時		第二夜警時 又は 第二歩哨時
23時		
24時		
1時		第三夜警時 又は 第三歩哨時
2時		
3時		
4時		第四夜警時 又は 第四歩哨時
5時		
6時	夜明け	

ローマ人の一日
（計器——水時計、砂時計、日時計）

い。前任者から引き継いだ軍団にすぎない。第十一、第十二軍団は新編成だが、これらとてカエサルが兵まで選んではいない。これらの軍団がカエサルの子飼いになるのは、ガリア戦役を闘っていくことによってである。彼は、部下を選ぶリーダーではなかった。部下を使いこなす、リーダーであった。使いこなすには、部下の必要としているものは適時に与えねばならなかった。

しかし、三日ならば休息を与えてもかまわないとも、カエサルは考えたのではないか。ビブラクテの戦闘で、ヘルヴェティ族は再起不能な痛手を負っている。生きのびた者たちが逃げこもうとしている先のリンゴネス族に、カエサルはいち早く、逃亡者を助けた者は逃亡者同様にローマの敵と見なす、と伝える使者を送っていた。三日の休息を終えたローマ軍が追跡行を再開したときには、ヘルヴェティ族は、南にも行けず西にも行けず、北東にさえ逃げこむ先もなく、食糧さえ与えてくれる者もいない状態になっていたのである。彼らには、カエサルに許しを乞うことしか残されていなかった。

人質と武器を差し出す形で、講和は成った。カエサルは彼らに、いったんは捨ててきた土地に再びもどるよう命じた。とはいえ、彼らが祖先の地を捨てたとき、後ろ髪をひかれないようにと家も畑地も焼いてしまっている。もどったとしても、飢えが待っているだけだ。カエサルは、南仏属州(プロヴァンス)に住むガリア人に、当座の食糧の援助を命じた。それで食べつないでいる間に、焼き払った町や村を建て直すのである。カエサルは、こうさせた理由を、ヘルヴェティ族の土地を無人の地のまま放置したならば、ゲルマン人がラインを渡ってきて住みつく危険があるからだ、と言っている。

三十六万八千人で移動をはじめた人々のうち、もとの土地にもどったのは十一万人だった。とはいえ、これでスイス人も、スイスに住みつづけることになったのである。でなければ、フランスのどこかを、スイスと呼ぶことになっていたかもしれない。あるいは、スイス人は消え失(う)せてしまっていたかもしれない。

ゲルマン問題

ヘルヴェティ族問題を解決して帰営したカエサルの許(もと)に、ガリアの諸部族の長たちが戦勝の祝いに訪れた。彼らはビブラクテで、カエサルの同意を得てガリアの部族長会議を開いた。ヘルヴェティ族の移動で生じた混乱は収まったものの、ガリアの部族の今後をどうするかを討議するためである。会議には、カエサルは出席していない。だが、会議の議長役は、ヘドゥイ族の長ディヴィチアクスで、この人物は親ローマ派で知られていたから、カエサルが裏で糸をひいていた可能性は充分にある。いずれにしてもガリア部族長会議の終わった後、代表たちはカエサルを訪れ、会議の結論を述べ、カエサルにそれを遂行するよう願った。

要約すれば、ガリアに代わってゲルマンをたたいてくれ、につきる。ライン河を渡ってきたゲルマン民族は、はじめのうちは一万五千人にすぎなかったのがたちまち増えて、今では十二万人に達している。ライン以東の生活環境の厳しさを思えば、十二万が急速に数を増すのは陽の出を見るよりも明らかだった。すでに現状でも、ライン以西に侵入したゲルマン人の頭目アリオヴィストゥスの力は強大で、近隣のガリア部族を抑圧し、ガリア民族中最大のヘドゥイ族でさえ人質を強要され、年貢金(ねんぐ)を払わせられている始末。ガリア人にとってのゲルマン問題を複雑にしているのは、同じガリア民族ながらヘドゥイ族とは勢力を競う仲のオーヴェルニュ族が、ガリア東部に住むセクアニ族を通じて、ゲルマン人をガリアに呼び寄せるのに一役買っていることだった。ローマとは友好関係にあるヘドゥイ族を先頭に、自分たちでは解決不可能だったゲルマン問題を、この際カエサルに解決してもらおうというわけである。ヘドゥイ族の長ディヴィチアクスは、カエサルへの要請を、次の言葉で終えた。

「もしも、カエサルとローマが何ら助力を与えないとしたら、ガリアの全部族は、ヘルヴェティ族の前例に習って、ゲルマン人からより遠い地方に向けて移動をはじめるしかなくなるだろう。

しかし、カエサル、あなたとあなたの軍団の信望によって、またつい先日の大勝利とローマの名によって、これ以上のゲルマン人のライン渡河をくい止め、全ガリアをアリオヴィストゥスの与える屈辱から、あなたならば解放できるのではないか」

ヘドゥイ族の長が言葉を終えると、他の部族の長たちも口々に、カエサルがこの任を引き受けてくれるよう嘆願した。これに対し、カエサルはまず、ガリア人たちを元気づける言葉をかけ、次いで、直訳すれば「善処することを約束した」のである。善処する、といってもそれは日本人の思う意味ではなく、カエサルが言えば、やる、という意味ではあったが。

カエサルは、「善処する」と答えた理由を、いつもの彼のやり方で箇条書にして書いている。
一、ローマの友朋(ゆうほう)と呼ばれてさえいるヘドゥイ族が、ゲルマン人に奴隷化され人質まで提供せざるをえない現状は、ローマ自体にとっても不名誉なことである。
二、ゲルマン人がラインを渡り大挙してガリアになだれこんで来ようものなら、それはローマにとっても危険であること。なぜなら、ガリア人よりも未開で戦闘的なゲルマン民族がガリアを制覇しようものなら、キンブリやテウトニ族の前例を思い出すまでもなく、いずれはイタリアに侵入してくることは眼に見えており、また、ゲルマン人と親しいセクアニ族の居住地帯とローマの南仏属州は、ローヌ河でへだてられているにすぎない。
三、アリオヴィストゥスの力は強大になりすぎ、周辺の人々の忍耐の限界を越えている現状。
とはいえカエサルは、このゲルマン対策を、まず話し合いで解決する道を選んだ。だが、会談を求めて派遣した使節に、アリオヴィストゥスは次のように答える。

「もしもわたしにカエサルと会談することが必要ならば、わたしのほうがカエサルの許を訪れるだろう。ところが、それを必要としているのはカエサルなのだから、来るのは彼のほうであるべきだ。また、わたしは、カエサルの軍団がいるガリアに軍隊なしには出向かないし、軍隊の移動は簡単ではない」。そして、ゲルマン人の頭目はいかにも驚いたという風に、「ローマの将軍であるカエサルが、なぜゲルマン人が闘いによって獲得したガリアの地に関心を示すのか理解に苦しむ」とつけ加えたのだった。

これに対し、カエサルは再度使節を送る。今度は、会談が実施された場合の議題を、箇条書にして使節に持たせた。

一、これ以上、ライン河を越えてゲルマン人をガリアに移住させないこと。

二、ヘドゥイ族から取っている人質を返還すること。

三、ヘドゥイ族とその同盟部族に対し、屈辱を与えず戦いを仕かけないこと。

もしもこれを受け容れ実行すれば、アリオヴィストゥスと配下のゲルマン人たちは、カエサルとローマとの友好関係を享受することになるが、もしも反対の場合は、ローマの法で定められているとおり、南仏属州の総督である自分は、ローマの国益とローマの友好民の利益を守る任務を遂行するにやぶさかではないだろう。カエサルはとくに、ヘドゥイ族に対して成された不正を行った者を、罰しないで放置することは絶対にない。

アリオヴィストゥスも、早速、回答を送ってきた。

勝者が敗者を思うとおりに遇するのは、戦争の掟である。それゆえにローマ人も、常に敗者を、自分たちが良しとする考えで統治してきた。わたしはローマ人に、敗者に対してどう振舞うべきかを進言していないのだから、ローマ人がわたしに、どうこうせよと言うのは心外である。

ヘドゥイ族は、われわれと武器でことを決しようとして失敗したがゆえに敗れたのだから、年貢金を課されたにすぎない。カエサルはわたしに、甚大なる害を与えた。彼がガリアに来たことによって、年貢金の入りが減ったからである。わたしは、ヘドゥイ族に人質を返すつもりはないが、正当な理由がなければ、つまり年貢金の支払いがつづくならば、戦いは仕かけないだろう。だが、もしも理由ができれば、彼らにとってはローマの友朋であるなどという称号は、何の役にも立たないことになるだろう。それで、不正者は放置しないというカエサルの宣告だが、彼も、これまでにわたしに敵対した者で、滅びなかった者はいないということを思い起こすべきである。

もしもカエサルが、攻めこむ気なら攻めこめばよい。カエサルとて、日々武術を鍛練することを忘れず、十四年間というもの安住という害毒に犯されずに生きてきた、ゲルマンの民がもつ力を認めざるをえないであろう。

このアリオヴィストゥスの回答は、言わば最後通牒(つうちょう)であった。それに、情勢も急変していた。ゲルマンの頭目の強腰を反映してか、まず、少し前にライン河を渡ってきていたゲルマン人が不穏な動きをはじめる。彼らによる襲撃の報告が、矢つぎ早にカエサルにもたらされた。次いで、ラインの東岸に、ゲルマン民族中最強のスヴェヴィ族が、渡河を目指して大挙集結中という情報がもたらされる。カエサルは、書簡のやり取りで時間をつぶすときは終わったと判断した。既住のゲルマン人と新来のゲルマン人の、合流を許してはならなかった。全軍に、出陣命令が下る。目的地は、アリオヴィストゥスのいるところ、であった。はじめから、行軍の速度は第二種と決められた。

第Ⅱ巻『ハンニバル戦記』中でも述べたように、ローマ人は何にしろマニュアル化することが好きな民族である。軍団の行軍速度まで、三種に分類されていた。ただし、数万におよぶ軍勢の行軍である。時速よりも日速、つまり一日あたりの踏破距離での分類だった。

一、通常時の行軍（イテル・ユストゥム）——五時間で、二十五キロ踏破。
二、強行軍（イテル・マーニュム）——七時間で、三十キロから三十五キロ。
三、最強行軍（イテル・マクシムム）——日夜問わずの、可能なかぎりの距離踏破。

これを、常時四十キロにもなる、武器や食糧やらをすべてかついで行軍するのだ。

ローマの軍団の主力である重装歩兵が、背丈ではガリア人にも、ましてやゲルマン人にも劣っても、身体つきならば強健であったのも、それでなければ務まらないからであった。

ゲルマン人を求めて東に向ったカエサル軍団の行軍速度は、出発当初は第二種の強行軍だった。だがこれも、三日後には変更を迫られる。軍を進めはじめていたアリオヴィストゥスが、ヴェゾンティオ（現ブザンソン）に向っているとの報告が入ったからだった。ブザンソンは、セクアニ族の本拠地である。当然のことながら、食糧や武器の貯え（たくわ）も多く、そのうえ地勢上でも、コンパスで円を描くように、丘の上に位置する町を川がとり囲んでいる。この地を敵の手に渡してはならなかった。渡そうものなら、カエサル軍の兵糧（ひょうろう）補給は、百キロも離れたヘドゥイ族の地に頼るしかなくなるからである。行軍速度を第三種にあげたカエサル軍は、たちまちブザンソンに到着し、難なくそれを手に入れた。セクアニ族はガリア族長会議には出席していながらゲルマン人とも近いとされていたのだが、カエサルの電撃作戦が、彼らに考える暇さえも与えなかったのである。これもまた、カエサルが命じた最強行軍の、もう一つの理由だった。

ブザンソンには、準備と休息のために数日滞在した。その間、商売上ゲルマン人と

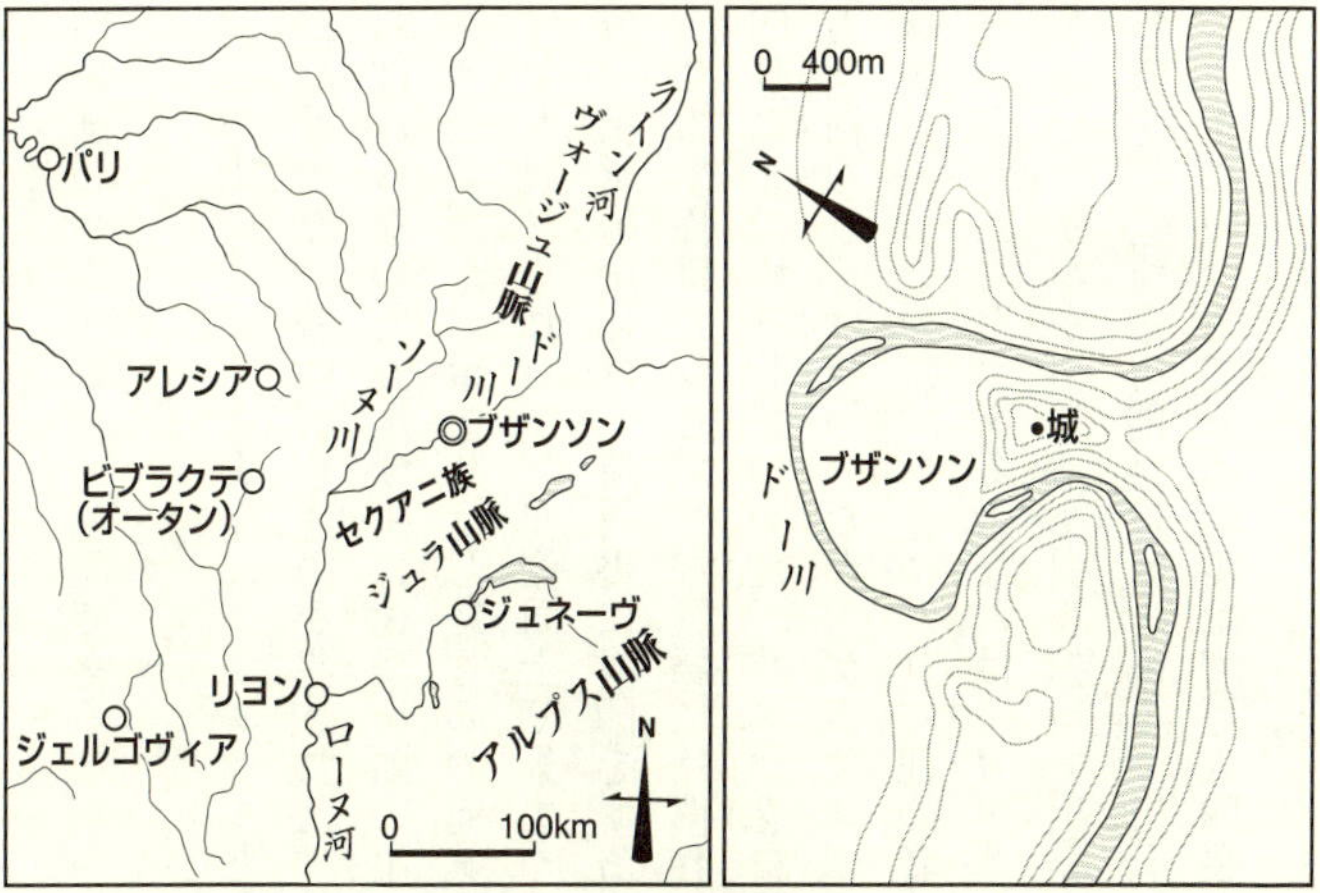

ブザンソン位置図

も関係をもつガリアの商人たちが、カエサルの兵士たちの耳に、ゲルマン人についての情報を吹きこんだのである。ゲルマン男の見上げるほどの体格、武器をあやつる巧みさと勇猛さ、彼らと戦場で対したガリア人は、彼らの偉大なる体格と眼光の鋭さに射すくめられて動きもできなかったこと等々。ローマ兵が直接にゲルマン人と対決した歴史は、マリウスの時代にまで遡らねばならないから、四十年も昔のことになる。もともとからして背丈の低いのを、ガリア人からさえ嘲笑されていたローマの男である。パニックが、軍団全体に浸透するのも早かった。この後の叙述は、『ガリア戦記』の直訳で代えたい。アイロニーとユーモアを行間に漂わせる文章力、絶品である。

「この恐怖には、まず先に、カエサルとの縁によってこの戦役に参加していた、戦場経験も少ない若い将官連中が犯された。彼らの何人かは、急の用事が出来たから発たねばならないとカエサルに休暇を願い出、他の者は、臆病者と見られるのを恥じて留まった。だが、留まりはしたものの元気を装うことまではできず、天幕に引きこもって一人涙にくれるか、同僚同士で集まっては、自分たちを待ち受ける運命を嘆き合った。宿営地全体は、遺言書に封印をする音で満たされた。

この恐怖は、少しずつ、戦場には慣れているはずのベテラン兵士や百人隊長や騎兵団長にまで浸透していった。パニックに陥っていると見られたくない者は、ゲルマン人は怖ろしくはないのだが、ゲルマン軍のいるところに行くまでの険しい道や深い森林が怖ろしいのだ、と言ったり、他の者は、その道を運ばねばならない兵糧が心配だ、と言ったりした。ある者などは、カエサルのところにまで注進におよび、もしも総司令官カエサルが宿営地を引き払って出発を命じても、兵士たちは軍旗を先に立てての行軍を拒否する可能性は大である、と言った。

ここにいたってカエサルは、百人隊長の全員まで出席させた作戦会議を召集した」

作戦会議には通常、軍団長と大隊長は全員が出席するが、百人隊長だけは、第一大隊の第一中隊を指揮する首席百人隊長のみの出席しか許されていない。この年のカエサルは六個軍団を率いていたので、その日の作戦会議には、通常では出席の資格のない三百人の百人隊長までが召集されていたことになる。常の作戦会議ならば百三十人前後のところが、その日は四百三十人もが出席していた。これはカエサルが、その日の作戦会議での彼の発言が、軍勢のすべてにただちに伝わるのを意図していたことを示している。訳をつづける。

「作戦会議の席上で、カエサルはまず、カエサルの戦略について批判したり論じたりしたことについて、皆を厳しく叱(しか)った。そして、言った。

『アリオヴィストゥスは、わたしが執政官であった年に、ローマとの友好関係の樹立を強く求めてきた男である。それなのになぜ、あれほども望んだ関係を理由もなく壊すであろうか。わたし自身は確信している。彼がわたしの要求をよく理解しその実施の公正を知るならば、わたしとローマ国民が彼に与えた約束を反古(ほご)にするようなことはしないと確信している。とはいえ、もしも彼が狂気に駆られてわれわれに戦いを挑んできたとしても、お前たちはなぜ怖れねばならないのか。なぜ、お前たちの勇敢さとわたしの思慮に、疑いをいだかねばならないのか。

ゲルマン民族とは、われわれの父の代にローマは対戦した。マリウスが、キンブリ族とテウトニ族を壊滅したときである。その後ならば奴隷戦役（ゲルマン人が多かった）があるが、彼らがローマ軍と渡り合えたのも、ローマ人から学びとった戦術と軍規によってであった。これらの例から見ても、戦いに勝つには、不屈の意志こそが最上の武器であることは明らかだろう。実際、長い間理由もなくゲルマン人を怖れてきたローマ人だったが、対戦するや破ったのである。ゲルマン人といっても、ヘルヴェティ族でもしばしば勝ったことさえある人々と同じ民族なのだ。そのヘルヴェティ族を、われわれは敗北させたではないか。……

恐怖心を行軍路の険しさや兵糧欠乏の不安にすりかえている者たちだが、自分たちの置かれた立場も考えない僭越（せんえつ）と断ずるしかない。なぜならその者たちは、総司令官の責任感を信頼していないか、それとも、総司令官が求めてもいない忠告をあえてする者でしかないからである。このようなことは、総司令官であるわたしが考えることであって、この面への配慮はすでにしてある。兵糧は、セクアニ族とレウチ族とリンゴネス族が提供する。それに、作物の実りの季節にも入っている。行軍路については、行軍がはじまるや、お前たち自身で確認するだろう。

また、出陣命令がくだっても兵士たちはわたしの命に従わず、軍旗の後にもつづかないという陰口だが、そのような噂をわたしは意に介さない。なぜなら、兵を従えることができなかった将軍は、戦略を誤ったために幸運からも見離された者か、金銭欲に駆られて不正行為に走った者かのどちらかであるからだ。わたしの公正と無私は、これまでのわたしの半生が証明するとおりであり、幸運も、ヘルヴェティ族への勝利が示してくれている。

それでだが、もう少し後で伝えようと思っていたことを、今ここで言う。明日の夜、第四歩哨時に入るや、わたしは宿営地を引き払う。お前たちの心の中で、恥入る想いと義務感が勝つか、それとも恐怖が勝つかを知るためでもある。もしも従いてくる者がいなかったとしても、第十軍団だけは率いて出発する。第十軍団ならば、忠誠は疑いようがない。そして、第十軍団はこれ以降、わたしの近衛軍団となるだろう』

人心把握の技の極を示して、言葉もない。これでは、女相手にだって成功するはずである。

カエサルのこの夜の演説は、またたくまに宿営地のすみずみにまで伝わり、全兵士の士気は一変した。第十軍団の兵士たちは自分たちの指揮官を通じて、カエサルに、自分たちの忠誠と義務感に信頼を置いてくれたことの礼を述べ、戦いに出向く準備は完了していると告げる。他の軍団も指揮官を送ってきたのは同じだが、彼らがカエサルに告げたのは陳謝で、以後二度と、総司令官の戦略を批判するようなことはしないと謝ってきたのだった。カエサルは、彼らの陳謝を受け容れ、もと通りに部下として認めた。

士気があがったときは、それはただちに活用されねばならない。ヘドゥイ族の長ディヴィチアクスと相談のうえ決めた行軍路は、平坦（へいたん）な道ではあったが七十五キロもの距離を回り道することになる。それもあって、作戦会議で宣告したとおりの日と時刻に出発した。七日にわたった強行軍の後、斥候のもたらした情報から、アリオヴィストゥスが三十六キロの距離にいることを知った。

カエサルの接近を知ったゲルマンの頭目は、自分の支配下にある地にカエサルのほうが来たのだからこの状態ならば会談してもよい、と伝える使節を送ってきた。カエサルも承諾する。会談の地は両軍の間に横たわる広い高地の上、日時は五日後と決まった。両首脳に従うのは歩兵でなく騎兵にしたいというアリオヴィストゥスの求めも、カエサルは容れた。ゲルマン人は、有名なローマの重装歩兵を怖れていたからである。

ゲルマン人の間では、軍の主力は歩兵よりも騎兵だった。だが、カエサル軍の騎兵団はヘドゥイ族をはじめとするガリアの騎兵で構成されている。ガリア人に守られて敵将との会談に出向くのでは不安だったカエサルは、ガリア騎兵を馬から降ろし、第十軍団の重装歩兵を代わりに乗せて、会談の場に従う騎馬隊に仕立てた。第十軍団の兵士たちは、「カエサルはおれたちを近衛隊に昇格させると約束したが、騎兵に昇格させてくれたのだからそれ以上の待遇だ」と言って笑った。ローマ人は、なかなかの冗談好きなのである。

二方から互いに接近した両者だが、高地への道が登りにかかる三百メートル前で、カエサルは騎兵団に待機を命じた。アリオヴィストゥスも同様にする。その後は、ゲルマン側の要求どおり、十騎のみを従えただけで馬を進め、これまたアリオヴィストゥスの求めを容れて、馬上姿での会談に入った。使われた言語は、ガリア語ではなかったか。アリオヴィストゥスは十四年ものガリア生活で言葉に通じていたし、カエサル側には、カエサルとは個人的な友情で結ばれたガリア人が、完全に秘書役を果すことができた。

会談は、カエサルがまず口を切ることではじまった。発言の要旨は、書簡の交換中に伝えたことと同じである。カエサルは、その発言を次の言葉で結んだ。

「同盟者であり友好関係にある民族の力を衰えさせず、それどころか、より繁栄させより名誉を高めさせるよう努めるのは、ローマ国民（ポプルス・ロマーヌス）の伝統である。そのローマ人の誰が、自分たちと同盟関係にあるヘドゥイ族の所有するものが奪われ失われるのを、見て見ぬふりをすることができようか。わたしは、あなたの使節に託した要請をくり返すだけである。ヘドゥイ族とその同盟部族に対して、戦いを挑まないこと。彼らから差し出させていた人質を返し、捕虜も返還すること。すでにガリアの地に移住しているゲルマン人を送り返すことまでは求めないが、少なくともこれ以上のライン渡河はしないと誓約することである」

これに対するアリオヴィストゥスの反論も、書簡で告げたことのくり返しだったが、彼が強調したのは、ゲルマン人が勝手にライン河を越えてガリアを侵略したのではなく、ガリア人に呼ばれて渡河したのだということだった。要は、すでにローマの属州になっている南部以外のガリアにはカエサルたりとも手を出すな、につきる。手を出せば戦いにならざるをえなく、戦いになればローマとの友好関係が壊れるとカエサルは言うが、自分はそうは思わない。戦場でカエサルが死のうものなら、ローマでは多くの貴族が喜ぶから、彼らの好意を得るのも容易であるというのが、ゲルマン人の言い分であった。ローマでの「元老院派」とカエサルとの確執まで知っていたとは、なかなかの事情通である。

これに対するカエサルの反論がはじまっていたときだった。アリオヴィストゥスに従いてきていたゲルマン騎兵がカエサル側の騎兵に接近し石を投げはじめたために、情勢は一挙に危険と化す。カエサルは発言を中止し、自分の騎兵の許にとって返し、急いでこの場を離れるよう命じた。歩兵同士ならば第十軍団は無敵でも、敵側は生粋の騎兵である。にわか仕立ての騎兵に無用な犠牲を強いるのは、面目を重視することしか知らない指揮官のやることだった。

おそらく、カエサルは会談の前にすでに、戦闘は必至と判断していたにちがいない。それでも会談に応じたのは、将兵に、そして遠くにあるローマに、回避には全力をつくした後での戦闘であることを納得させるためであったろう。そして、彼が予測したように、両軍は戦いに向け互いに接近した。

しかし、自領内で闘うアリオヴィストゥスは、戦闘を急がなかった。まず、優勢な騎兵力を駆使しての、カエサル軍の兵糧補給路を断つ作戦からはじめる。それに乗ってはならないカエサルは、敵陣の近くに陣営地を建設し、会戦を挑んだ。ところが敵は、近くまで迫られても陣営地から出てこない。カエサルは、第二の陣営地を建設することで、さらなる挑戦をつづける。それでも敵は、少しは兵力を出して応戦の構えは見せはしても、全軍を戦場に出すことまではしなかった。
その理由を理解できなかったカエサルは、捕虜を尋問してはじめて納得がいったのである。ゲルマン民族には、母親になったことのある女にくじを引かせたりして、戦機か否(いな)かを占わせる慣習がある。それによれば、月のない新月の期間に戦いに訴えた場合は、ゲルマン人に勝利は恵まれないと出たという。もちろん、カエサルはこれを利用する。決戦は、翌朝と決まった。

ゲルマン側の戦力がどれほどであったかを、カエサルは伝えてくれていない。だが、十二万人という記述が前にあるところから、カエサルの書く、「敵の大変な数に対して味方の兵数は少なく」が妥当な兵力であったろう。とくに騎兵は、ガリア騎兵に頼っても四千のカエサルに対し、敵は六千と断然優勢だった。また、ゲルマン民族の戦闘のやり方は、ローマ人とちがい、女子供も戦場に連れて行くのが常であったらしい。定住型民族でなかったことと、女子供の激励と哀願に男たちがふるい立つのを期待しての慣習であったのかもしれない。カエサルの断固とした挑戦に応じざるをえなくなったアリオヴィストゥスも、女子供を乗せた馬車を連ね、それで味方の背後を断つ、いわば背水の陣を布(し)いた。

一方、カエサルのとった陣形は、背水の陣というよりも、なぜか余裕がうかがわれる。まず第一に、六個軍団のそれぞれに、軍団長を配置した。指揮はカエサルがとるのだから、そのための指揮官ではない。各兵士の健闘ぶりをチェックする役としてである。これで兵士たちは、敢闘すれば必ずカエサルの眼に止まるという、確信をもって戦場に出て行くことになった。

ガリア戦役の第二戦になるこの戦闘で、カエサルは、背水の陣は布かなかったにしても、敵情は正確に把握して戦術を駆使している。敵陣の右翼が弱体と見れば、そこに先制攻撃をかけるのを忘れない。もともとが弱体のうえに先制攻撃をかけられては、投げ槍(やり)を投げる暇もなく崩れると見たからだ。また、ゲルマン人にはガリア人と似て、緒戦の突撃力は強烈でも、戦闘が進むにつれて力が衰えるという欠陥があった。これを突くのも、カエサルは忘れていない。カエサルが臨機応変の戦術を使えるのも、ローマ軍の構成が中隊、大隊、軍団の順にまとまり、戦術が変更されてもそれに応じて各隊が独自に動けるようになっているからである。このローマ軍の伝統を、カエサルは少しも変えていない。ただ、より効率的に活用しただけである。なにしろゲルマン人も、ガリア人同様にギリシア式の大型密集隊形で闘うのを常としていた。これでは、前方攻撃には強くても脇が甘い。そのうえ、ゲルマンの騎兵一人一人は強力でも、ゲルマン人の指揮官は、騎兵団としてまとまったときの機動力を活用することを知らなかった。

とはいえ、数はやはり多くの場合モノを言う。二倍以上の敵に攻められて劣勢に陥っていたローマ軍の右翼を救ったのは、若きクラッススの機転だった。「三頭」の一頭のクラッススの長男であるこの青年将校は、騎兵団の指揮をまかされていたのだが、第三軍列の兵士たちが活用されていないのに気づき、彼らを率いて右翼の支援に駆けつけたのである。これが、勝敗を決した。

敵の誰もが、背を向けた。ゲルマン人は、戦場から七・五キロ離れたライン河を目指して敗走した。それを、カエサル自ら先頭に立った、ローマの騎兵団が追う。騎兵の後を、隊列も乱さずに進む歩兵軍団がつづいた。筏や小舟を見つけて、それで河を渡れた者は少なかった。アリオヴィストゥスの二人の妻と娘の一人は殺され、もう一人の娘は捕虜になった。彼らに捕われていたガリア人は、全員が自由を回復した。

この戦闘の結果が知れわたるや、ライン渡河を目指して河近くに集結中だったスヴェヴィ族は、ガリアへの移住をあきらめて自分たちの土地にもどっていった。アリオヴィストゥスはラインの東に逃げはしたが、一年後に淋しく死んだという。

　ガリア戦役の初年を二つの戦勝で飾ったカエサルは、九月半ばという冬営には早い季節だったが、全軍に冬営という形での長い休息を与えることにした。ローマ軍のガリアでの初冬営地は、セクアニ族の本拠地ブザンソンと決める。その位置からして、ガリアよりもラインの向う側ににらみを効かせる目的であったことは明らかだ。冬営地の最高責任は、副将のラビエヌスに託した。カエサル自身は、アルプスを南に越える。彼の担当地域は三つの属州におよんでいたから、南仏から北伊を抜け現スロヴェニアまでまたがる広さになる。そこを巡回しながら、属州総督のもう一つの任務である内政や司法を行う仕事が待っていた。

　紀元前五八年のこの年の戦役は、多くの点で後世にまでおよぶ影響の発端になるが、そのうちでも特筆されてしかるべきは、ローマ人がレヌス河と呼んでいたライン河を、ローマ人としてははじめて明確に、国家ローマの基本防衛線であると示したカエサルの考えである。それはまた、山脈よりも河川や海が防衛線としては適しているとする、ローマ人の戦略の最初の礎が置かれたことを意味した。

その間、ローマでは――

人間には、誰かに後事を託さねばならない場合、こと細かに指示を与えて託す人と、任務は与えても細かい指示までは与えないで託す人の二種に分れる。全幅の信頼を置くがゆえか否かは、ほとんど関係ない。前者は、自分自身が細かに指示を与えられるほうが仕事がしやすい人であり、後者はその反対であるにすぎない。カエサルは、完全に後者に属した。ただし、後者を採った場合は賭(かけ)なのだから、うまくいかない場合も多々ある。そのような場合には、託した人間が後始末をせざるをえなくなる。とはいえ、うまくいかなかった場合も、すべてにわたってうまくいかなかったのか、それとも、あることではうまくいったけれど他のことではうまくいかなかった、という場合もありうる。ゆえに後始末も、直ちにしなくてはならないか、それとも、しばらくならば放置も許されるかの判断を求められることになる。名門貴族の出身でありながら平民の養子になるまでして、平民かグラックス兄弟のような平民貴族にしか許されていない護民官に就任し、元老院相手にことをかまえる気いっぱいのクロディウスは、その護民官就任に力を貸したカエサルにとっては、この分類でも後者に属した。

ガリアに発つカエサルがクロディウスに求めたのは、「元老院派」を釘づけにしておくことであった。だが、護民官は、釘づけ以上のことに走る。第一の標的はキケロだった。

クロディウスがキケロを敵視した理由は、次の二つだった。

一、ボナ女神祭の夜にカエサル宅に女装して侵入したことで裁判沙汰になった折り、クロディウスのアリバイを崩したのがキケロで、それがために危うく有罪にされそうになったことによる怨念。

二、地方出身者で先祖に執政官を出したことのない非元老院階級に属しながら、ローマ人のいう「新参者」でありながら、「元老院派」の代表のような顔をし、しかも、ローマの最高級住宅地であるパラティーノの丘の上にある邸宅の中でも豪邸中の豪邸として知られたクラッスス邸を買って得意になっている、成り上がり者への名門出身者の軽蔑。

しかし、このようなことは本音に属する。本音を露にしては、目的は遂行されにくい。「元老院派」を釘づけにしておくという任務を与えたカエサルは、同時に武器も、つまり建前も与えたのである。それは、カエサル自身が「カティリーナの陰謀」時に提起しながら容れられなかった、控訴権を認められているはずのローマ市民の裁判なしの死刑は、違法であることを改めて持ち出すことであった。

キケロは、クロディウスの平民との養子縁組が成立したときから、悪い予感がしていたのである。その時期はまだローマにいたカエサルに、キケロは不安を打ち明け、どうしたらよいかと相談している。キケロとカエサルは政治思想では対立していたが、学問教養の面では、他の誰とよりも話が通じ合う仲であった。それにしても、クロディウス台頭の仕掛人であること明らかなカエサルに相談するとは、キケロの人の良さにはあきれ返るしかない。

相談を受けたカエサルは、キケロに、幕僚の一人に任命するからガリアに来てほとぼりを冷ましてはどうか、と提案した。「元老院派」のもう一人のうるさ方の小カトーは、エジプト王が手離したキプロスのローマ属州化を進める任務を課して、ローマから隔離するよう計らったカエサルである。キケロもローマから隔離できれば、「元老院派」の釘づけという目的も達成できるのだった。小カトーのもつ力(パワー)は、クリーンであるという評判と演説をはじめたらいつまでしていても疲れない体力である。キケロのもつ力は、大向うをうならせること絶大の雄弁にあった。この二人さえ除いてしまえば、「元老院派」のパワーも大幅に減少するのである。しかし、キケロは、カエサルの提案を、親切このうえもないとしながらも受けなかった。いざとなれば、ポンペイウスが乗り出してくれると信じていたからである。

紀元前五八年と年が変わった三月、護民官クロディウスは、裁判もなしにローマ市民権所有者を死刑に処した者は追放罪に処す、とする法を提出した。そこには、キケロの名はあげられていない。だが、五年前の「カティリーナの陰謀」時に、カティリーナの五人の同志を裁判もなく死刑にしたときの責任者は、その年の執政官のキケロだった。クロディウスの標的がキケロであることは、誰の眼にも明らかだった。四十八歳のキケロは、クロディウスの攻勢から守ってもらおうと、同年のポンペイウスを頼った。だが、アルバの別荘にまで訪ねて行ったキケロに、ポンペイウスは、会おうともしなかった。「三頭政治」の一頭クラッススも、言を左右にするだけである。「三頭」の息のかかっている執政官は、二人ともがキケロの面前で扉を閉じた。元老院も、気の毒そうな面持で応えただけだった。絶望したキケロは、市民たちならば味方になってくれるであろうと、髪も乱れ喪服を着けた姿でフォロ・ロマーノに出向き、行き交う市民を呼び止めては訴えた。だが、五年前には彼を救国の英雄と喝采したと同じ市民なのに、彼を避けて道を変えるのだった。

クロディウスの提出した法の投票日は、三月二十日に予定されている。キケロは、その前夜、ローマを発った。ただし、小カトーが不在とはいえ、「元老院派」がクロディウスの法のそのままの通過を許すはずはないと思うキケロは、ローマからさして遠くない地を泊り歩きながら待ったのである。だが、結果はもっと悪かった。キケロの脱出を知ったクロディウスが次の条項を追加し、法はその形で可決してしまったからである。これでキケロは、自分の資産が破壊され没収されるのに加え、国境から七百五十キロ以内に入ろうものなら直ちに逮捕ということになった。これでは、北イタリアに逃げるのもシチリアに逃げるのも、不可能になる。泣きの涙で家族との別れを惜しんだキケロは、ブリンディシから海路、ギリシアに渡るしかなかった。その間、護民官の命令で、パラティーノの丘の上の豪邸は灰と化し、その土地にはクロディウスの提案で、自由を司る神に捧げられた神殿の建立が決まった。キケロ所有の二箇所の別荘も、没収されて競売に付された。

もともとが手紙魔だったキケロは、このときの追放中に、おびただしい数の手紙を各地に送っている。ローマにいるポンペイウスはもちろんのこと、ガリアで戦争中のカエサルにまで送っている。そのすべてが、追放の身を嘆き、早くローマに帰れるよう取りはからってくれと頼む内容で共通している。「泣き虫キケロ」の綽名の由来も、この時期の手紙からきている。キケロの書簡集を僧院の書庫から発掘したのは、中世末期のイタリアの詩人ペトラルカだが、この中世・ルネサンス時代の代表的な文人は、キケロの哲学論の心酔者なのであった。それが書簡、特に追放中の書簡を眼にして、キケロに対する評価が大変にゆらいだと告白している。なにしろ、あれほどもキケロに好意的だった『列伝』の著者プルタルコスでさえ、逆境には弱かった、と評したくらいだった。とはいえこれも、視点を変えれば「人間的」という評価にはなりうる。

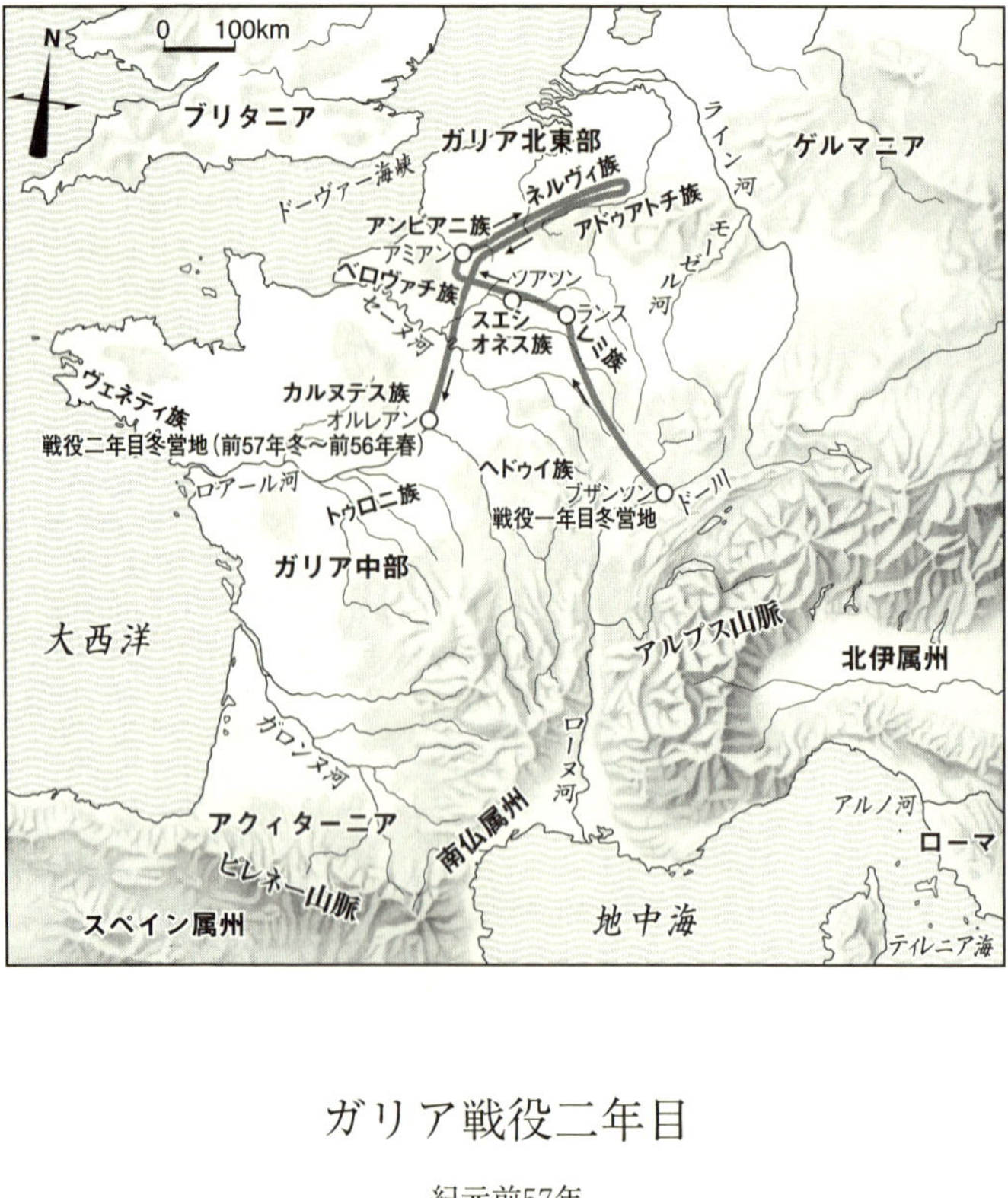

ガリア戦役二年目

紀元前57年
カエサル、43歳

セーヌの北東

カエサルが、ガリア全体は大きく分ければ三分できる、としたのは、後世の植民帝国のように、住民も生活様式の別もほとんど無視して直線で区分けしたのとはちがって、言語から風俗習慣から、住民の相違から自然環境のちがいまで考えに入れて、それでも三分できると判断したからである。

これによって三分された一分は、大西洋に流れこむガロンヌ河の南からピレネー山脈にいたる現フランスの南西部で、アクィターニア族の住む一帯だ。この地方は、すでにローマの属州になっている南仏と近く、また、北のガリアよりも、ピレネーをはさんで隣りにあるスペインとの関係がより濃厚な地方だった。

三分されたもう一つは、ギリシア語ならばケルト人、ラテン語ではガリア人が集中的に住む、北はセーヌ河とマルヌ河、そして東方はモーゼル河を境にし、南仏属州とアクィターニア地方を南の境界にする中部ガリアである。現在ならば、フランスの半分以上に、ドイツの西の一部とスイスを加えた地帯になる。この広い地方に住む人々も、まったく文明と、古代ではギリシアやローマと、没交渉にあったのではない。南仏にはマルセーユという、ローマとほとんど建国の時期を同じくするギリシア人の植民都市国家がある。商才に長けたギリシア人のことだ。マルセーユの繁栄の一因には、内陸部に住むガリア人との通商もあった。そして、ローマが強大になるにつれて、アルプスをはさんで隣りに住む北イタリアのガリア人を通してのローマ人との関係も正比例して強くなる。ヘドゥイ族はローマと同盟関係にあり、部族の有力者にはローマ市民権も与えられていた。カエサルのガリア戦役の第一年目は、この中部ガリアの東側一帯で闘われたのである。

　三分した残りの一分は、セーヌ河、マルヌ河、モーゼル河を南の境とし、北西から北東にかけてはドーヴァー海峡、バルト海、ライン河を境とする、現代ならばフランスの北東部とベルギーからオランダの南部にかけてまでをふくむ一帯になる。カエサルはこの一帯を、ラインを越えてきたゲルマン人が定着して久しい、ガリア人よりもゲルマン民族の血の濃い一帯と分類した。そして、ローマ人がベルガエ人と呼んだ、つまりベルギー人で一括したこの地に住む住民が、ガリア人の中でも最も戦闘的であると記している。その理由の第一を、カエサルは、「ベルガエ人が、開発されて人間的な南のローマ属州からは他の誰よりも遠方に住み、商人もその地までは行かず、ゆえに人々の精神を軟化しがちな贅沢な品にふれる機会が少なかったからだ」とする。

人間的、としたのは直訳で、現代の訳者たちは、文明的、と訳している。ベルギー人が最も戦闘的と見るカエサルがあげる理由の第二は、彼らがライン以東のゲルマン民族と闘うのを日常にしてきたからであるという。もともとは同じ民族の出身でも、移住して久しく、しかも定着して暮らしている人々にとっては、新たなる参入者は敵であるからだろう。このベルギー人が、ガリア戦役二年目を迎えた、カエサルの相手になるのだった。

紀元前五八年から五七年にかけての冬営期を、南仏と北伊の両属州の統治に専念していたカエサルの許に、ベルギー人の不穏な動きを伝える報告がもたらされる度合が増えてくる。それは、ブザンソンで冬営中の副将ラビエヌスからの報告で確認された。カエサルは、二個軍団の新たなる編成を決めた。新編成される軍団の兵募集は、カエサル管轄下の北伊の属州で成される。今度も元老院の許可を求めない編成だから、ルビコン以南のイタリアから志願兵を集めるわけにはいかない。前年の二個軍団新編成と同じで、今度もカエサルの自費でまかなうのだった。元老院が認めた四個軍団に彼負担の四個軍団を加えて、カエサル配下の軍団は八個軍団になったことになる。これに、ヌミディア騎兵やクレタの弓兵などの特殊技能を買われた外国傭兵が、支援隊の

ドーヴァー海峡
ウシペティ族
テンクテリ族
シカンブリ族
メナピ族
マース河
第一回ライン渡河地点
第二回ライン渡河地点
モリニ族
シェルデ河
エブロネス族
ネルヴィ族
アドゥアトチ族
ウビィ族
スヴェヴィ族
ガリア北東部
ゲルマニア
トレヴェリ族
モーゼル河
アトレバティ族
レミ族
スエシオネス族
ライン河
パリシー族
マルヌ河
レウチ族
ドナウ河
セノネス族
リンゴネス族
ソーヌ川
ヴォージュ山脈
モントビ族
ヘドウイ族
ジュラ山脈
セクアニ族
ヘルヴェティ族
アルプス山脈
ボイ族
オーヴェルニュ族
北伊属州
ポー河
アドリア海
ルビコン川
ローヌ河
セヴェンヌ山脈
南仏属州
アルノ河
ローマ
地中海
ティレニア海
ローマ

N
0
100km
テームズ河
ブリタニア
アンビアニ族
ベロヴァチ族
ヴェネリ族
セーヌ河
エスビ族
カルヌテス族
ヴェネティ族
ガリア中部
大西洋
ロアール河
トゥロニ族
ピクトネス族
ビトゥリジ族
サントニ族
ガロンヌ河
アクィターニア
ピレネー山脈
スペイン属州

ガリア部族図

名で加わる。これらの他に、カエサルもローマ軍の伝統に忠実に、味方になった現地兵も積極的に参加させるやり方を採用していた。ガリア戦役での現地参加兵は、ヘドゥイ族をはじめとするガリア内でのローマ派の部族である。カエサル軍の総計は、八個軍団四万八千に外国傭兵の五千、それにガリア現地兵である騎兵四千で、総計五万七千。一方、ベルギー人の戦闘要員の総数は、四十万に迫る大戦力であった。

　カエサルは、二個軍団の新編成が完了するのを待たなかった。編成が終わった軍団を現地に率いてくる任務は幕僚のペディウスに一任し、彼自らは、兵糧（ひょうろう）の準備と補給方法の見通しがついた段階で、一日も早くとアルプスを越える。副将ラビエヌスの守るブザンソンの冬営地に到着したカエサルは、そこでまずやったのが、可能なかぎりの手段を使っての現地情報の収集だった。

　それらによれば、これまではローマ人と接触のなかったベルギー人が動きはじめた理由がいくつかわかった。

　第一に、ガリア中部がローマの覇権下に入った以上、ローマ軍の次の標的はガリア北東部の自分たちの領土に向けられると思ったこと。

　第二は、ゲルマン人の侵入を許さなかったのだから、ローマ人の侵入も許さないとする気概。

第三は、弱肉強食の論理の通用してきたこの地方にローマの力が及べば、強い部族が弱い部族を攻め従属させるという、これまで彼らが得意としてきたやり方も、もはや通用しなくなると怖れたこと。

この想いで一致したベルギー人は団結し、スエシオネス族の長ガルバを総大将にして、ガリア中部に侵入することによって、ローマに先制攻撃をかけようと策していたのだった。

これらのことを知ったカエサルは、一日の遅れも重大な結果につながると判断する。ただちに基地を後にしたカエサルと軍は、十五日間の強行軍で、ベルギー人の領土との境界に達した。

これほど早い到着は誰も予想していなかったので、たちまち動揺したのが、境界に最も近く住んでいたレミ族である。レミ族はただちに使節を送ってきて、恭順を誓い、ローマ軍の兵糧補給に協力すると申し出た。闘わずして勝つのは、兵法の基本である。スエシオネス族とは友朋関係にあるレミ族の離反はカエサルにはありがたく、人質として送られてきた部族の有力者たちの息子もローマに留学に出したりして厚遇したので、レミ族は以後、ヘドゥイ族以上のカエサルの同盟者になる。そして、レミ族からは、より正確な情報を受けることもできた。それによれば、レミ族が抜けてもベルギー人の戦闘員の総数は二十九万六千。いまだライン以東に住むゲルマン人も、共闘を約束したという。団結して反ローマに起ったベルギー軍も、十二の部族の連合軍であるのが、カエサルにとっては有利な点だった。とはいえ、この三十万が、こぞって動き出したのである。

カエサルは、攻めて来られるのを待たなかった。全軍を率いた彼は、ノビオドゥヌム（現ソアソン）のすぐ北を流れるエーヌ川を越える。敵の先手を打って、敵領内に進攻したのだ。川を渡るやただちに、そこに陣営地を築いた。

敵地内に築く陣営地である。川近くの高地の上に築いた理由を、カエサルは次のように説明している。

「陣営地は、地勢上の有利をもつ。背後には川が流れ、敵の攻撃に対して背後を守ると同時に、レミ族やその他の味方からの兵糧補給も、危険なく受けられる。川には橋がかかっていたので、橋を渡った対岸を要塞化し、幕僚のサビヌスに六個大隊を与え、警備に当らせた。また、陣営地の前方の低地には、左右に、三・五メートルの高さの防柵を築き、幅五・四メートルの塹壕を掘らせた」

高地に築いた陣営地の周囲を、敵に囲まれないようにと考えたうえの策であることは明らかだ。ちょうどよい具合に、川とは反対側の陣営地の前面に広がる平野の中ほどには広々とした湿地帯もあり、この方面でも敵の勢いをそぐことができそうだった。その陣営地で、味方の五倍の敵を待ったのである。

北から攻め寄せてくるベルギー軍の進路上に、レミ族の町があった。カエサルの陣営地とは、十二キロの距離がある。城塞化されていたその町を、ベルギー軍はまず襲撃した。

ガリア人もベルギー人も戦法では似ていると、カエサルは書いている。全軍で押し寄せ、防柵上の防衛兵に向っていっせいに石を投げ、防衛兵たちがひるんだところを、各々(おのおの)が盾で頭上を守る形になって防柵に近づき、門に火を点(つ)け、柵を乗り越える戦法である。これは、大軍でやれば効果も大きい。レミ族の町の攻撃にも、この戦法が使われた。たちまち、防衛側からカエサルに、救援を求める急使が送られてきた。

カエサルにとっては、見捨てるなど論外である。敵に、勢いを与えてはならない。また、味方になったばかりのレミ族には、ローマ側についた利点を感得させる必要があった。ただちにカエサルは、ヌミディアとクレタの弓兵とマジョルカ諸島出身の投石兵を派遣した。これは、防衛側に力を与え、攻撃側の力をそぐ効果を産んだ。レミ族の町の攻略をあきらめたベルギー軍は、カエサルの陣営地を目指して南下してきた。ローマ軍の陣営地からは、十二キロもの広さにわたって平原を埋める、ベルギー軍の天幕の群れとそこで焚く火と昇る煙を眺めることができた。

はじめのうち、カエサルは、会戦は避ける考えでいた。敵の数の多さと敵軍の勢いの強さを見て、ただちに会戦に訴えるのは適していないと判断したからである。それで、騎兵のみをくり出す小ぜり合いのくり返しで、様子を見た。これがなかなかの成果をあげ、ために歩兵の士気まであがったのがわかって、はじめて会戦を決意したのである。ただし、カエサルの合理精神は、兵士の士気だけを頼りにはしなかった。すでに築かせてあった陣営地の左右の延長を成す防柵と塹壕が、戦場の拡大を防ぐ役をしている。そして、ベルギー軍は、攻めこんでくるためには広い湿地帯の両脇をまわって区切られた戦場に入ってくるしかなかった。戦場が狭いとなれば、圧倒的な兵力をもつ側にはかえって不利に変わる。実際、戦況は、カエサルの予測したとおりに展開した。

新編成の二個軍団を、予備と陣営地の守りを兼ねて陣営地に残したカエサルは、六個軍団三万六千を戦場にくり出す。一方、敵は、三十万の全軍をいちどきに投入してきた。

ベルギー軍のこうむった損失は、ローマ兵に倒されたよりも、自分たち同士で混乱して圧殺されたほうが多かった。これで正面攻撃をあきらめた敵は、左右に分れて川を目指しはじめる。川を渡り、陣営とは橋で結ばれている要塞を攻め、背後から本営に攻めこむつもりだった。カエサルはただちに、六個軍団を陣営にもどす。同時に彼は、自ら先頭に立ち、ヌミディアの騎兵と軽装歩兵全員を率いて対岸に向った。橋を渡って川向うに到着したカエサル軍は、川を渡ってくる敵を迎え撃つ形になった。ここでも、全員で一挙に渡るということは不可能である以上、敵も戦力を小出しにしか投入できない。カエサルには、それらを着実にたたくだけでこと足りた。

ローマ最高司令官の服装

正面攻撃も背後を突くのも失敗に終わったとはいえ、ベルギー軍にはまだ道が残されていたはずである。攻撃を、正面からも背後からも、忍耐強くくり返すことである。だが、この可能性もまた、カエサルに読みとられていた。

ローマ軍は兵糧の確保と補給路をまず先に考えるが、ガリアやベルギーやゲルマン人たちは、戦時の補給を現地調達でしか考えない。紀元前五七年のベルギー人は、各部族とも自領地から遠い地方で闘っていた。また、敵に勝ってその兵糧を分捕ることは、ローマ人の抵抗で夢に終わったうえ、小麦はまだ青い季節である。圧倒的な兵数が、ここでも裏目に出たのである。そして、カエサルがすでに打ってあった手も、効果を産みはじめていた。同盟関係にあるヘドゥイ族に、ベルギー人の中では最も強力なベロヴァチ族の領地を荒らさせたのがそれである。戦況はかんばしくない、兵糧は不足、自領も気にかかるわで、各部族ともひとまず自領にもどり、その地で互いに連絡をとりながら闘うということで一致した。

戦略で一致したのはよいが、出発を真夜中にしたのがいけなかった。退却ではもはやなく、ほとんど敗走に近かった。カエサルは、この機を逃さなかった。敵の退却を確認した翌朝早く、ペディウスとコッタの率いる騎兵団をまず先発させ、副将ラビエ

ローマ兵の服装

Ⓐ百人隊長　Ⓑ重装歩兵　Ⓒ騎兵　Ⓓ軽装歩兵

ヌスに率いさせた三個軍団にも追撃命令を発した。ローマ軍に追いつかれたベルギー軍は、それでも後衛は果敢に応戦したが、その前を進んでいた本隊のほうが怖気(おじけ)立ってしまった。兵たちは隊を乱し、四方八方に逃げる。それをローマ兵が、網をかけるようにして殺していった。危険もない状態での殺戮(さつりく)を果したローマ兵は、カエサルの命じたとおりに日没前に帰営した。

カエサルにとっては、待ちに待った各個撃破に、ようやく移れるときが訪れたことになる。そしてこの戦法は、敵が敗走の恐怖を忘れないうちに実行されねばならなかった。翌朝、カエサルは陣営地を引き払う。目的地は、ノビオドゥヌム（現ソアソン）。ベルギー軍の総大将ガルバの出身部族、スエシオネス族の本拠地である。軍団には、第二種の行軍を命じた。

急行軍で目的地に到着したカエサルは、なるべく早くこの町を攻略したかったが、敗走してきた兵たちは町中に入ってしまっている。攻城戦を覚悟するしかなかった。しかし、悠然と攻防戦を展開している暇はない。カエサルは、ローマ軍のもつ技術力を活用することにした。

「回廊(ヴィネエ)」と呼ばれるのは、長さ四メートル、幅二・五メートル、高さ二メートルの、車輪つきの移動戦車である。屋根は火矢を射られても燃えあがらないよう、水をふくませた皮や布でおおう。移動は、内部に入った兵たちが歩きながら動かす。これで、危険なく敵に近づける。この「回廊」がいっせいに移動する有様は、かぶと虫の群れのようであったろう。この他には「移動塔（トゥレス・モビレス）」と呼ばれる攻城器も用意された。これも名のとおりの移動式だが、防衛側の城壁と同じくらいの高さに達する塔で、兵士たちは階段を伝わって上に登るようにできている。

　これらの攻城兵器は、現フランスの東北部に住むガリア人にとってははじめて見るものだった。大仕掛で世にも怖ろし気な兵器を、しかも早々と数多く造りあげてしまうローマ人の技術力に、彼らは圧倒されてしまったのだ。それに、ローマ兵に追撃されたときの恐怖は、まだ生々しく残っていた。降伏の使者がカエサルの許を訪れたとき、攻城兵器の準備はまだ完全には終わっていなかった。

ガリア戦士

　いかにもレミ族の口ぞえがあったからだという風を装（よそお）い

ながら、カエサルは降伏の申し出を受け容れる。族長ガルバの息子二人をふくむ有力者たちの息子を人質として出させ、武器も提供させたうえでの講和は成った。各個撃破の第一目標は達成した。カエサルは、ベルギー人中最強といわれるベロヴァチ族の領地に、休む間もなく軍を向けた。現代ならば、パリの北百キロの地帯である。

目的地から五ローマ・マイル（約七・五キロ）の地点まで進軍したところで、ベロヴァチ族の長老全員が、恭順のしるしの両手を前に差し出す姿でカエサルを待っていた。長老たちはカエサルに、もともと自分たちには、ローマに刃向う気持はなかったのだと釈明した。町の近くにローマ軍が宿営地を築いてからも、女や子供までが両手を前に差し出して平和を乞うてくる。カエサルに同行していた、ヘドゥイ族の長ディヴィチアクスも口ぞえした。ベロヴァチ族はヘドゥイ族と友好関係にあったのだが、ローマの同盟者になったヘドゥイ族の生き方に反撥した者にそそのかされ、反ローマに起ったのだと。それでベルギー人の連合軍に加わったのだが、カエサルに敗れ、それでもまだローマの覇権下で生きるのを良しとしない強硬派の人々は、ブリタニア（現イギリス）に逃げて行ったことなど述べ、現在残っているのは穏健派なのだから、彼らの講和の申し出を受けてやってほしいと言ったのである。

本音は先を急ぎたい想いにあったにしても、建前としてならば、ここでも現地人の仲介者の顔を立てるやり方をとったカエサルは、人間心理の洞察力でも秀でていなければ務まらない、政治家としても優れていたことを示す。ベロヴァチ族とも、講和は結ばれた。強力な部族のことゆえ他よりは多い六百人の人質を出させ、武器も領内の要塞もローマ軍に属すと誓わせた後、カエサルは次を目指す。そのアンビアニ族の恭順も得た後に待っていたのが、ガリア北東部では最強といわれたネルヴィ族である。騎兵を主戦力とするガリア人の中では珍しく、歩兵が主力の戦闘的な部族だった。

カエサルの得た情報によれば、商人の出入りを許さず葡萄酒や贅沢品の輸入は禁止、男たちは武術の訓練にあけくれる日常とあるから、まるでかつてのスパルタ人である。戦闘要員だけでも、五万を有する。もちろん、カエサルとの講和など、聴く耳すらもたなかった。

カエサル率いるローマ軍団は、今度は北東に向きを変える。現代ならばフランスの国境を過ぎ、ベルギー領内に入ったことになる。商人としてでも、ローマ人は一人も入ったことのない地方だった。夏でも、暗い森と沼から立ちこめる靄の漂う一帯である。レミ族が提供した情報によれば、純戦闘員だけで七万五千を数える敵が、そのどこかで待ちかまえているのだった。

ネルヴィ族の領地に入って三日行軍したところで、カエサルは原住民から、ローマ軍から十五キロと離れていない地点を流れる川の向うに、敵の全軍がいることを知った。敵は、ネルヴィ族を中心に近隣の中小の部族を集めた連合軍で、女や子供や老人たちは、ローマ兵の侵入不可能な湿地帯に避難させているところから、戦闘を予期しての待機と考えねばならなかった。

カエサルは、斥候兵や百人隊長からなる一隊を先行させ、陣営地に適した土地を調べさせる。残り全軍も、その後につづいた。だが、降伏後にカエサルの軍に参加していたベルギー人やガリア人のうちの誰かが、ローマ軍のやり方をネルヴィ族に密通したのである。軍団と軍団の間に、その軍団用の荷を積んで進む輸送車隊がはさまるのがローマ軍の通常の行軍順序であったから、その間を突けば攻撃も成功すると進言したのだった。

ネルヴィ族の歩兵主力の軍の構成、森と沼で見通しのききにくいガリア北東部の地勢、そしてこれまでに彼らが、騎兵主力のゲルマン人の侵略を阻止するのに用いてきた方策を総合すれば、密（ひそ）かにもたらされたこの進言を、ネルヴィ族が受け容れる気持になったのも当然である。騎兵阻止の方策とは、毎年若木の先端を刈り、それによって繁殖しやすくなった下方の枝を横に張らせ、しかもその下にはいばらの木を植えこんで、人工を加えた天然の防柵を作るやり方である。年を経れば経るほど密生してくるこの生垣は、騎馬の通行を阻止するばかりか、生垣の向うに誰が隠れていようがわからないという、完璧な防壁の役目も果していた。第一軍団、第一軍団の輸送車隊、第二軍団、第二軍団の輸送車隊、という通常のローマ式の行軍順位ならば、それで生ずるスキを突くのには適した戦術でもあったのだ。

しかし、カエサルは、敵に襲われる心配がないときの行軍には定法を踏襲しても、敵に向っていく場合の行軍は、定法よりも必要性を優先した。手もちの八個軍団のうちの六個軍団は、通常の行軍ならば背負う四十キロ近い荷のほとんどを輸送車にのせることで身軽にし、軍団だけで先行させる。輸送車隊は、その後にまとまってつづく。輸送車隊の後には新編成の二個軍団が、輸送車隊の護衛と行軍の後衛の役を兼ねる形でつづくのだった。これならば、敵の不意の攻撃にも、軍団兵は輸送車隊の防衛を気にかけることもなく、ただちに応戦できるからである。味方に密通者がいたことは、カエサルは後になって知ったことだった。密通があったのを知って、行軍順位を変更したのではなかった。

先行させた斥候と百人隊長による、陣営地の設置地点の選択がまちがっていたのではない。一メートル足らずの深さしかない川のすぐ向うの灌木で埋まった低い丘全体に、敵兵たちが隠れているのには気づかなかったのだ。そして、歩兵軍団に先行して先に陣営設置予定地点に到着した騎兵団も、川の向うに敵の騎兵を認め、ただちに川を渡って攻めこんだのだが、応戦したのが騎兵のみであったので、その背後に敵歩兵の大軍が隠れているのまでは予想しなかったのである。騎兵を先行させるのはどの軍でもやることだったから、応戦してきた敵の騎兵も、自分たち同様に先行軍であると思いこんだのであった。

結果として、ローマ軍は不意を突かれたことになる。騎兵が闘っていることは見て知ってはいたが、到着した六個軍団がまずやらねばならないことは、陣営地の設営だった。彼らは川のこちら側で、それに着手していた。そのうちに、輸送車隊も到着しはじめる。敵の間では、輸送車隊が姿を現わすのが攻撃開始の合図になっていたので、彼らはいっせいに、隠れていた場所から姿を現わした。七万を越える兵が、怒濤の勢いで川を目指したのだ。川近くの草原にいたカエサル軍の騎兵たちは、放り出されでもしたかのように蹴散らされる。敵の大波は、ローマ兵に向って押し寄せてきた。その勢いは驚くほど早く、設営作業中のローマ兵の前も右も、またたくまに敵で埋めつくされた。

カエサルは、あらゆることを一度にやらねばならなかった。紅の戦闘旗をかかげること。兵士たちに、武器を置いてあった場所に走りそれを身につけよと命ずるためである。集合ラッパを鳴らすこと。陣営地の設営に従事している者に仕事を中止しての集合を命じ、設営に必要な材料を集めに行った者も呼び寄せるためだった。そのうえ、列を整えるためのラッパも鳴らす必要があり、兵士たちを鼓舞する演説も必要。そして、戦闘開始を告げるラッパも鳴らさねばならなかったのである。とはいえ、敵の急襲を受けている際、このほとんどは不可能になる。カエサルは、不可能と見たことに執着しなかった。実際、この危険きわまりない状態は、二つのことで救われた。第一は、兵士たちのもつ戦闘上の知識と経験である。訓練と実体験で鍛えられていた彼らは、命令や指示が与えられなくても、このような場合にはどう動くべきかを身体で知っていた。第二は、設営作業中は指揮下の軍団を離れるなとの指示を受けていた、軍団指揮官(レガートゥス)たちの適確な判断にある。彼らは、総司令官の命令がなくても、状況をただちに察し、自発的に軍事行動に入ろうとしていた。

これを見たカエサルは、緊急を要することのみ命ずるので充分と判断した。そして、それだけを命じた後は馬を駆り、最前線にまで進攻していた第十軍団に追いつく。兵士たちを数語で励ました後は、もはや敵兵とは投げ槍(やり)の距離に接近している第十軍団に、戦闘開始を命じた。これを合図に、他の軍団も戦闘状態に突入した。

最前線で闘う兵士同様、カエサルも最前線に留まりつづけた。第十軍団を励ました後ただちに、その隣りで闘う第九軍団に駆けつける。準備の時間の無さと急激な敵襲は、ローマ軍の兵士たちに、隊旗をかかげる暇も兜(かぶと)をかぶる時間も、盾のおおいをはずす余裕も与えなかった。一人一人が、剣を取った場所に留まり、眼に入った隊旗が自分の隊のものでなくても、その周囲に参集して闘った。自分の所属部隊を探しているうちに、戦機を失うのを怖(おそ)れたからだった。

「このようにして、わが軍は戦陣を布(し)いた。学校で教える戦術によってではなく、戦場となった地の地勢と状況の重大さに応じてである。各軍団は、眼前の敵に抗する必要から離れ離れになり、前述した生垣は味方を見ることさえさまたげた。予備軍を配置する地点を選ぶことも、それを必要とされる戦線に適時に送りこむこともできなかった。つまり、指揮系統の統一さえ維持することはできなかったのだ。こうして、大変に不利な状況下での戦闘が展開される中で、勝敗につながる因もさまざまな形をとらざるをえなかった」

このときの戦闘ではじめて、カエサル軍は、騎兵と軽装歩兵というかぎられた一部にしても、敵に背を見せるということをする。ローマ兵が逃げたという一報は、その後の変化に関係なく一人歩きし、ガリア北東部一帯に広まったほどであった。

しかし、カエサルは、味方の背後にいて統一した指令を次々と発することはできなくても、戦場を縦横に馬を駆り、離れて闘っている軍団を適所に送りこむことはした。最前線で闘っている兵士には、眼前の敵しか見ないために、生垣で妨げられていなくても友軍の動きが眼に入らなくなる。それを見、適時適所に兵を動かし、味方の戦力の効率良い発揮を考えるのが、総司令官の責務である。また、状況によっては、通常の隊形である方形よりも円陣を組むのが有利と考えれば、それをするよう即座に命じた。そして、カエサルは、首席百人隊長の役割まで務めるのも迷わなかった。苦戦中の軍団では、後衛にいた一兵士の盾を奪い取り、というのは彼は盾ももたずに馬を駆っていたのだが、それでそばにいた兵士の盾を取り、そのまま最前線に出て、百人隊長の名を次々と呼び、突入するよう激励することまでした。総司令官のこの姿に勇気づけられた兵士たちは敢闘し、戦況はローマ側に有利に展開しはじめる。これがはっきりしたのは、輸送車隊の後衛を兼ねて行軍の護衛を務めていた二個軍団が姿を現わしたのと、いち早く攻めこんで敵の陣営地を陥とすのに成功していた副将ラビエヌスが、手の空いた第十軍団を支援に送ってきたからだった。

右手と左手からのこの応援によって、押され気味だった兵士たちの心境も一変する。傷ついて戦場に倒れていた兵士までが、盾にすがって起きあがって闘いはじめた。いったんは敵に背を見せた騎兵も軽装歩兵も、そして軍団つきの奴隷たちまでが戦線に参入する。だが、ネルヴィ族も、ベルギー人中最も勇猛であるとの名に恥じない闘いぶりだった。味方の兵が倒れれば、その死体の上に立って闘いつづけた。

しかし、突撃力ではすさまじい力を発揮するガリア人だが、耐久力ではローマ兵が優る。後半戦に入ってからのローマ軍の強さは比類ない。激闘は、他の部族は逃げても彼らだけは戦場に留まって闘いつづけた、ネルヴィ族の男たちの屍の山を築いて終わった。

この激戦は、ネルヴィ族の成年男子を根こそぎにした。それを知って、湿地帯に避難していたネルヴィ族の老人と女と子供たちは、使節をカエサルの許に送って降伏を申し入れた。使節の言によれば、六百人いた有力者のうちで、生き残った者わずかに三人、六万人いた戦闘員のうちで、生き残った者は五百人ということだった。

カエサルは彼らに、人質提供の条件もつけずに講和を認め、彼らの地に帰って住む権利も認めた。それどころか、近隣の諸部族には、ネルヴィ族を攻めてはならず侮辱も与えてはならないと命じたのである。カエサルの考えでは、闘いを起こすこと自体は罪ではなかった。

ネルヴィ族の戦闘力は壊滅したにしても、戦闘中に逃げた他の部族を放置しておいては、ベルギー人の住む地方とカエサルが分類したガリアの北東部の制覇は未完で終わる。戦死者の埋葬と負傷者の治療に戦力の一部をさいた残りを率いて、カエサルはさらに北東に軍を進めた。ネルヴィ族の呼びかけに応じて一万五千で参戦していたアドゥアトチ族は、自領に逃げ帰ったのだから、レミ族の情報によれば二万という戦闘員全員で向ってくると見なければならない。それに、彼らのこもる城塞(じょうさい)は、まさに天然の要害の名に恥じない守りを誇っていた。周囲はぐるりと絶壁で囲まれ、ただ一箇所、三百メートルの幅のゆるやかな勾配(こうばい)があるだけだった。この箇所が、城塞からの出入りに使われていた。この要害の地に、敵はこもって出てこない。現状を打破するにはローマ軍の技術力を活かすしかないとカエサルは考える。工兵に一変した軍団兵たちによる、大仕掛な攻城兵器づくりがはじまった。「移動回廊」がつくられ「移動塔」がつくられ、「牡羊(アリエス)」と呼ぶ破城槌もつくられた。これらが製作されるのを城塞の上から眺めていた人々は、大声で呼びかけてはあざ笑った。

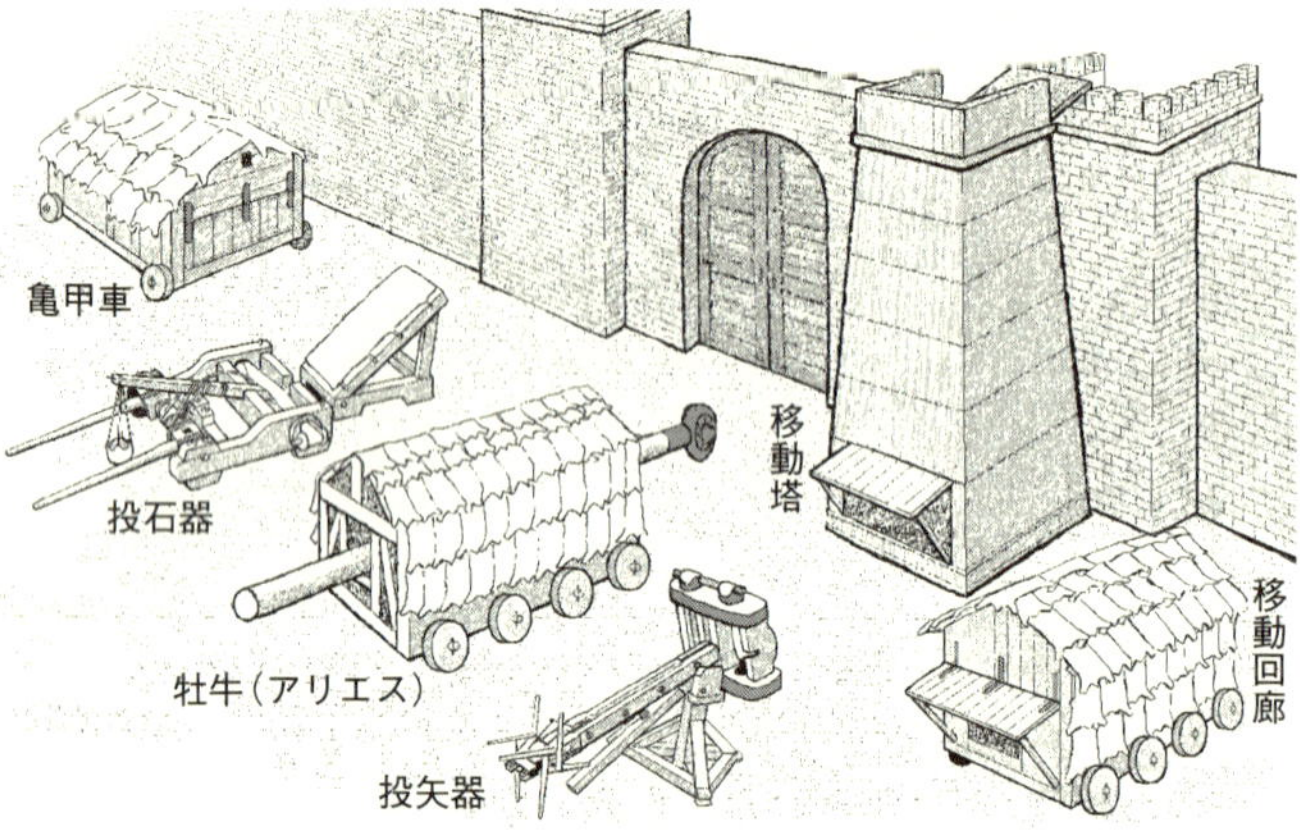

攻城兵器

「ローマ人たちよ、そんな大きなものをつくって、おまえたちの小さな身体でどうやって動かすつもりかね」

ガリア人は常々、ローマ人の身長の低さを嘲笑していたのだ。しかし、彼らの声も笑いも、攻城兵器が城塞に向って接近しはじめたのを見るや消えた。消えただけでなく、はじめて眼にする大規模な兵器の数々に、蒼白になった。

ただし、これらの攻城兵器は活用されずに終わる。アドゥアトチ族から、講和を求める使者が送られてきたからである。講和申し入れの理由は、あのような大仕掛な兵器をつくり動かせるのは、ローマ人が神々に護られているからにちがいない、というものだった。ただし、聴き伝えるカエサルの温情に期待して降伏はするにしても、条件があるという。武装解除だけは受け容れられない、がそれだった。使者は、自衛力の必要を強調した。

だが、カエサルは答える。「わたしが敵を許すのは、その敵に許される資格があるからではなく、それがカエサルのやり方であるからだ。もしも『牡羊（アリエス）』が城門をたたく以前に降伏の申し出がなされていたのであったら、武装解除なしの降伏でも受け容れていただろう。しかし、そうではなかった以上、講和の話し合いも武装解除された後ではじめるしかない。とはいえ、ネルヴィ族にしたと同じことはしよう。即ち（すなわ）、ローマと講和した部族を攻めることは、ローマに反抗することになるゆえに、してはならないと他の部族に告げることである」

この答えをもって使者が城塞にもどった後、城塞からは大量の武器が外に投げ出された。だが、三分の一は、後になって判明したことだが、城塞内に残されていたのである。しかし、カエサルは約束を守った。アドゥアトチ族との講和は、その日に成立した。

ところがその夜の第三歩哨（ほしょう）時、つまり真夜中が過ぎた時刻、隠してあった武器をもった男たちが城塞から駆けくだり、陣営地で眠るローマ軍を襲ったのである。夜中の激闘の末、敵の四千人が殺され、残りは城塞内に追いこまれた。

翌朝、もはや守る人もいない城門から、ローマ軍は城塞内に入った。籠城（ろうじょう）していた戦闘員も住民も、全員が奴隷に売られた。奴隷商人たちがカエサルに行った報告によれば、奴隷にされた人々の総数は五万三千におよんだ。

ローマ人は、その中でもローマ人であることを強く意識するカエサルは、誓約をとのほか重要視する。多神教のローマ人だから、神との契約ではない。人間同士の誓約である。たとえ異人種でも対等の人間と認めるがゆえに、交わされた誓いを信ずるのである。武士に二言はない、という言葉をもつ日本人のほうが、一神教的な契約に慣れた欧米人よりも、ローマ人が重要視した人間同士の誓約にこめられた心情をよりよく理解できるのではないかと思う。

戦いを起こすこと自体は、カエサルにしてみれば罪ではなかった。しかし、いったん交わした誓約を破り攻めてきたことは、明らかに罪に値したのである。人間であることを放棄した者には、彼にしてみれば、奴隷がふさわしい運命だった。

ガリア北東部一帯の制覇を終えたカエサルの許に、一個軍団を与えて大西洋岸のガリア地方に派遣していた若きクラッススから、ヴェネティ族以下七部族の恭順の獲得に成功したとの知らせが入った。これら七部族は、人質を提供して、ローマの覇権を認めると誓ったという。

これで、全ガリアは、カエサルの言葉を使えば「平和」になった。カエサルのあげた戦果はライン河の東岸にも伝わり、その地方からも、人質を出してローマに従うとの申し入れをもった使者が送られてきた。カエサルは、属州の統治の必要からなるべく早くアルプスを越えたかったので、それらの使者には、翌年の春に再び来るよう伝えて帰した。

その年の軍団の冬営地を、カエサルは、カルヌテス族やトゥロニ族の住む、ガリア中西部に定める。最前線で冬営する兵士たちの冬中の兵糧（ひょうろう）の手配も見定めて、カエサルは南に発（た）った。

カエサルから紀元前五七年の戦闘の報告書を送られたローマの元老院は、十五日間もの神々への感謝祭を決議した。これをカエサルは、「これまで誰一人として与えられなかったことである」と書いて、『ガリア戦記』の第二巻を終えている。ポントス王ミトリダテスを敗北に追いこんだ年、ポンペイウスの戦績を賞して元老院が定めた感謝祭は、十二日間であった。もちろん、都会風（ウルヴァニタス）の洗練を重視したカエサルである。従来の最高は十二日間だったが、自分には十五日間だった、などという品格に欠ける言葉は発していない。十五日間の感謝祭ははじめてのことだ、と書いているだけである。だが、それでもなお、行間からにじみ出る彼の虚栄心には微笑をさそわれずにはいられない。虚栄心とは、他人から良く思われることを喜ばしく思う心情である。

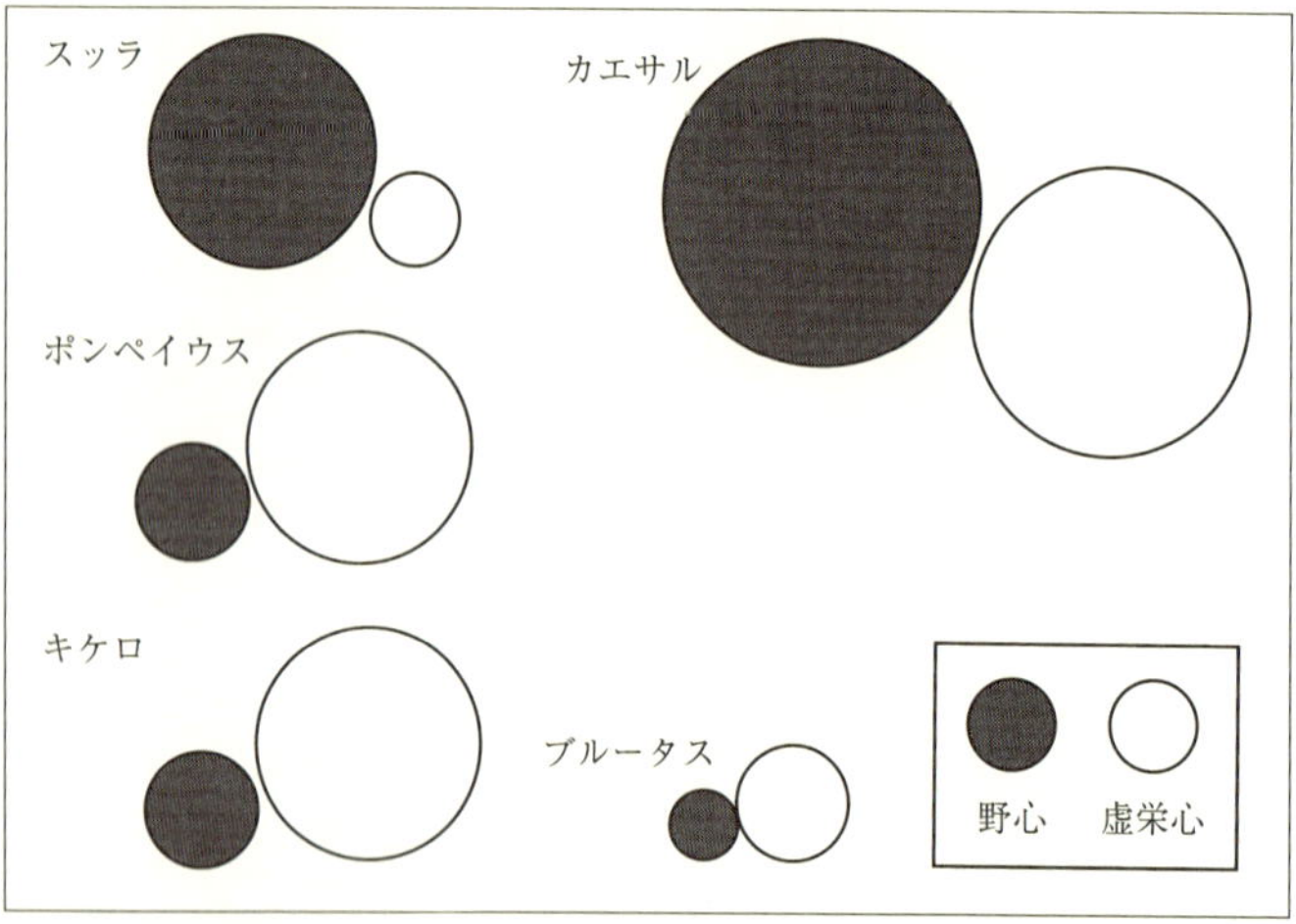

前に私は、ポンペイウスは、野心家であるよりも虚栄家である、と書いた。一方のカエサルは、虚栄家よりも野心家である。ただし、虚栄心が、ポンペイウスより少ないのではない。少ないどころか、ポンペイウス並みにある。いや、ポンペイウスよりも大きいと言うべきかもしれない。だが、カエサルの野心は、人並以上に大きい彼自身の虚栄心よりも、もっともっと大きいのだった。私がたわむれにつくってみた上の図を見て、他者に良く思われたい心と、他者に良く思われなくてもやりとげなくてはならない想いの関係を、考えてみてほしい。野心も虚栄心も、マイナス面のみに眼を向けずに、積極的な面にも注目することによって。

その間、ローマでは――

カエサルのガリア戦役の一年目にあたる紀元前五八年は、「三頭政治(トリウンヴィラートウス)」が順調に機能した年であった。執政官は二人とも「三頭」の息のかかった人物であり、護民官のクロディウスを使っての「元老院派」釘(くぎ)づけ策も、小カトーのキプロスへの赴任、キケロの追放と、「元老院派」の論客を二人とも排除したことで成功していた。しかし、カエサルにとってはガリア戦役二年目であった紀元前五七年は、一転して、「元老院派」の反撃の年になったのである。それを「元老院派」に許してしまった要因はいくつかある。

一、ポンペイウスの消極性。

その年のポンペイウスは、四十九歳でしかなかった。だが、肉体年齢は四十九歳でも、精神年齢は、ローマでは予備役としても退役の年齢である六十歳を越えてでもいるかのように行動した。相思相愛の仲であった若い妻ユリアとの生活に満足しきっていた、という理由は成り立たない。それは、彼自身にとっての自己欺瞞(ぎまん)でしかなかった。ポンペイウスは、隠居の心境にあったのである。ローマに出てくることもまれだった。それでいて、妻ユリアの実父であるところから露(あらわ)にはしなかったが、「三頭政治」で誰よりも利益を得たのは、カエサルではなかったかという疑念が頭をもたげつつあったのだ。ために、紀元前五七年担当の執政官選挙にも、積極的に動かなかった。おかげで、この年の執政官二人のうちの一人に、ポンペイウスの敵でありキケロの親友でもあった、「元老院派」の推すレントゥルスの当選を許してしまった。当選者のもう一人はメテルスだが、この人はカエサル派に属す。

二、護民官クロディウスの暴走。

キケロを追放したことで私怨(しえん)もはらしたクロディウスは、カエサルの指示以上のことをはじめていた。元老院を釘づけにするどころか、元老院を無視しての過激な政策を次々と成立させていったのだ。社会福祉政策である「小麦法」による貧民階級への小麦の低価格配給を、クロディウスは無料給付にしてしまった。また、護民官退任後の自分の勢力保持を考えて、自費で傭(やと)った私警団まで組織する。そして、ローマには昔から存在していた職能別の組合を、政治組合化したのである。組合ごとに団体行動をとるようになれば、市民集会や平民集会の動向も左右しやすくなるからだった。

大衆からは熱狂的に迎えられたが、これは三つとも、十年後、独裁官になったカエサルによって廃止されることになる。「民衆派」とされていたカエサルが廃止するくらいだから、この三法とも成立当初から「元老院派」にかかぎらず、キケロの言う「思慮深い人々」にも不評だった。クロディウスの暴走は、ポンペイウスの眉をひそめさせ、穏健で良心的な人々を離し、結果として「元老院派」を利することになったのである。

三、小カトーの帰任とキケロの追放解除。

小カトーの帰任だけならば、「元老院派」を再奮起させるには充分でなかった。小カトーの先祖である大カトー、ハンニバルを破った英雄スキピオ・アフリカヌスを弾劾し、大をつけて呼ばれるカトーは、舌鋒鋭い論客として有名だったが、ユーモア豊かな話し方をするので聴かせる能力でも優れていた。反対に、その血を引く小カトーのほうは、舌鋒は鋭くてもユーモアはまったくない。大カトー同様クリーンな政治家として知られていたにかかわらず、人気がないのはそのためでもあった。三十八歳の体力を武器にしての長演説は、ただただ聴衆をげんなりさせるだけであったのだ。ローマ人はギリシア人に比べて、ユーモア感覚では断じて優れていた。

キケロの演説は、小カトーのそれとはちがった。随所にユーモアをはさむ才能もある。また、適所で、聴衆の泣きどころを突くことにも長けていた。そのうえ、一般の人々には効果的な、学識豊かな引用を駆使して感心させる能力にも長じている。そして、これらのどれよりも説得力があったのは、キケロの心を燃やしつづけた憂国の熱情にあった。それを彼が、どのようなやり方で実現にもって行くつもりであるのかということの是非は、多くの人にとっては関係ないことなのである。国を深く憂う心があればよいのだ。キケロには、それならば充分にあった。

四十九歳になっていたキケロの追放解除が九ヵ月ぶりに実現したのは、まず第一に、追放にしたクロディウスの評判が落ちたからである。第二は、頼ってきたキケロに居留守を使って会おうともしなかったポンペイウスが、半年が過ぎる頃から後悔しはじめたことだった。第三は、紀元前五七年の執政官になっていたレントゥルスが、親友キケロのために積極的に運動したからである。ガリアにいるカエサルからも、追放の解除には同意するとした手紙が到着した。もともとのカエサルの意図は、この〝マスコミ代表〟をローマから遠ざけさえすればよかったので、自分の幕僚の一人として来ないかと誘ったくらいである。キケロがもしもこれを受けていたとしても、戦場では邪魔になるだけだから、属州の留守居役あたりをまかされていたことだろう。それを断わったキケロが結局ギリシアの地で追放を嘆くことになってしまったのは、友人でもあるカエサルにとっては、もうこのあたりで終わりにしてもよいこと、になったのかと思う。いずれにしても、キケロの追放解除に反対するのは、暴力団まがいの行動で評判を落とす一方のクロディウス一人になったのだから、その実現も、やるとなれば早かった。

紀元前五七年八月はじめ、市民集会は、執政官二人の共同提案の形で提出されたキケロの追放解除案を可決した。九ヵ月前に圧倒的な多数で可決したと反対のことを、一年も経ないうちに同じ市民集会が、今度も圧倒的な多数で可決したのである。可決の可能性高しという友人たちからの情報で、イタリアの間近まで来て待っていたキケロは、追放解除が成ったとたんに帰国を果す。ブリンディシ上陸が八月五日というのだから、キケロの帰国への想いがどれほど強かったか想像可能だ。アッピア街道も、ほとんど駆けるように北上した。そして、九ヵ月ぶりの首都帰還を果した日のキケロは、市民たちの大歓声につつまれ、まるで凱旋(がいせん)将軍でもあるかのようだった。

役者はそろったのである。「三頭政治」への反撃の開始だった。しかし、紀元前六〇年に、ポンペイウスを苦境に立たせカエサルに姑息(こそく)な仕打ちをして得意になったとたんに、カエサルに「三頭政治」で逆転されたときの誤りは犯さないよう努めた。キケロ帰還決議で得た市民の支持を、再び離してはならなかった。クロディウスが成立させた三法とも、「元老院派」は改正の意図すらも見せていない。三法への大衆の支持が高かったからである。そして、前五七年の「元老院派」は、もう一つの点でも巧妙だった。「三頭」に反撃するのではなく、「三頭」間の離反を謀ったのだ。「三頭」のうちクラッススは無視してもかまわないから、離反を策すのはポンペイウスとカエサルの間であった。

元老院主導の共和政こそローマの政体でありつづけるべき、とするのが「元老院派」である。カエサルは一貫して、統治能力の硬直化をあげてそれに反対してきた。一方、ポンペイウスの政治理念は一度として明快であったことはないが、元老院主導の共和政体の再建に専念したスッラの許でスタートしたことだけは明らかだ。「元老院派」にしてみれば、カエサルよりはよほど自派に近かったのである。それに何よりも、カエサルは危険な存在だったが、ポンペイウスは、危険な存在ではなかった。そして、「元老院派」には好都合にも、カエサルはガリアで戦争中だったのである。

キケロの提案はまず元老院に提出され、元老院の賛同を得て後、市民集会に提出された。それは、ポンペイウスに、向う五年間、首都ローマとイタリアに必要な食糧の確保を一任する、とした法案である。ローマは、紀元前二四一年に第一次ポエニ戦役でカルタゴに勝ち、その結果としてシチリア島を属州にして以来、主食品である小麦の自給自足を捨てていた。とはいえ、これでは食糧庁長官ではないか、と思うとまちがう。ローマの小麦の輸入先は、すべて海上輸送に頼らねばならない海外の属州や同盟国であったから、食糧確保の最高責任者とは、国家ローマの海軍の最高責任者でもあることになる。必要となれば、独自の判断で、商船まで徴用できる権限を有した。

しかし、ローマにはこれまで、このような大任は存在していない。食糧確保は、按察官(エディリス)という、若年の官職者の任務にすぎなかった。それに海軍の総司令官職までプラスしたのは、ポンペイウスを釣るためである。戦略単位である二個軍団以上の指揮権を意味する、「絶対指揮権(インペリウム)」つきであるのはもちろんだ。ポンペイウスが十年前に、海賊一掃作戦を大成功させた業績が、今度は食糧確保が表向きの理由とはいえ、海軍の総帥(そうすい)役にするのにも自然な感じを与えた。

ローマは、海運立国でなかったことから海軍国ではない。ゆえに自前の海軍は、ないに等しい。必要となれば、同盟国や属州に派遣を要請したり造船してもらうのである。キケロの提出した法が可決すれば、ポンペイウスは、ローマ人でただ一人、思うときに海軍を組織できる人物になるわけだった。これは、五十歳になろうとするポンペイウスの自尊心をくすぐった。

キケロ提出の法案は成立した。ポンペイウスは、大任を果すべく努力する、と感動を露（あらわ）にして、ローマ史上初の大権を受けた。

成果をあげつつあった。一枚岩であったカエサルとポンペイウス間がゆるぎだせば、より効果的な「元老院派」の反撃は、反「三頭政治」を表面に出さなかったために、もともとからして政治人間（ホモ・ポリティクス）でないポンペイウスの非政治化も促進できる。事実、その年の夏に行われた次年度担当の執政官選挙では、「元老院派」の推した候補者が最高位で当選、「三頭政治」派はかろうじて、自派のフィリッポス一人を当選圏にすべり込ませることができただけだった。危ういところで、執政官は二人とも「元老院派」で独占されるところであったのだ。

「三頭」派は、法務官選挙でも、八人のうち二人を当選させただけである。執政官選挙ではわずかの差で次席に甘んじたエノバルブスは、自分が執政官になったあかつきは、ガリア属州総督の任からカエサルを解任する、とまで公言した。

この空気の中では、クロディウスによって追放とともに没収されていたキケロの資産を返還し、焼き払われたパラティーノの丘の敷地も返し、その上に新築する費用も国家が弁償すると決めるのも簡単だった。キケロは、他の二つの別荘も害をこうむったとして、その修繕費も要求し、認められている。キケロは再び、首都ローマの最有力者の座に返り咲いたのである。
また、元気をとりもどしたのかポンペイウスも、オリエント遠征当時からの夢であった、ローマでは最初の常設劇場の建設にとり組みはじめる。ローマ人は、ギリシア人の演劇趣向を、軟弱な性向として軽蔑(けいべつ)していたので、ローマには、上演ごとに組み立てられる木造の劇場しかなかった。他の公共建造物には常に積極的なローマ人であったのに、紀元前一世紀半ばのこの時代まで、ローマには常設の劇場がなかったのである。それを、ギリシアで見事な石造の半円劇場を見たポンペイウスが、ローマにも建造しようと考えた。ただし、軟弱と非難されるのを避けるために、大劇場の正面観客席の最上部に、女神ヴィーナスに捧(ささ)げられた小ぶりの神殿をつけ足すことにする。これでポンペイウス建造によるローマでは最初の常設劇場も、神に捧げるという目的を建前にすることができるようになった。「ポンペイウス劇場(テアトゥルム・ポンペイ)」と呼ばれることになるこの大建築は、ローマでは城壁の外に広がる「マルス広場(カンプス・マルティウス)」で建造がはじまった。

すべてが思いどおりに進んでいた紀元前五七年の「元老院派」だったが、一つだけ、私からすれば誤りを犯したと思う。それは、クロディウスが組織した私警団に対抗するためであったというが、ミロという浅薄な男が暴力団を組織するのを容認したこと

ポンペイウス劇場想像復元図：(上)舞台から見た客席、(下)客席から見た舞台

である。

二つの暴力組織が一箇所に並存するようになれば、衝突が起こらないほうが不思議だ。互いが、「民衆派」と「元老院派」を名乗っているので、単なる暴力団の衝突よりも始末が悪くなる。首都ローマの都心では、暴力沙汰が日常事になった。これが、戦争遂行中といえども首都からの情報を欠かしたことのないカエサルに、反撃の理由を与えたのだ。なぜなら、首都の治安さえ維持できないとは、「元老院体制」の統治能力の欠如を示す、これ以上の証しはなかったからである。

「ルッカ会談」

現代の北イタリアは、当時は「ガリア・チザルピーナ」(アルプスのこちら側のガリア)と呼ばれる属州だったが、この地の統治と防衛を担当する属州総督の官邸はラヴェンナにあった。国家ローマと属州の境と定められたルビコン川からは、三十五キロほど北に位置する。紀元前五七年から前五六年にかけての冬期を属州巡回で過ごしたカエサルは、前五六年と年が変わってからはこのラヴェンナに落ちつき、首都ローマでの政情の変化に注意を怠らない日々を送っていた。

紀元前五六年三月、このラヴェンナに、「三頭」の一頭であるクラッススを招聘する。研究者の言によれば、この時期のカエサルは自己負担で四個軍団も編成したりしていたので、クラッススに以前の借金を返すどころか、さらに借りていた状態だったということだが、債務者が債権者を呼び寄せたのだから、カエサルの場合のこの二者の関係は特殊なのである。とはいえ、カエサルは、年長者に対しての礼儀は重視する、ローマ人のしつけは受けている。四十三歳のカエサルは、五十七歳のクラッススに丁重な招聘の手紙を送り、クラッススはそれに応えて、フラミニア街道を北に一路、ラヴェンナに向ったのだった。そしてその月の末近く、二人は同道してラヴェンナを後にする。まず、エミーリア街道を北西に向い、ローマ軍基地として建設されたモデナの町からアペニン山脈越えに入る。山脈を南に越えて着いた町が、ルッカだった。

現代でもロマネスク様式の教会が美しく静かな小ぶりの町ルッカは、フィレンツェからピサを通ってティレニア海にそそぎこむアルノ河の少し北に位置する。アドリア海側はルビコン川、ティレニア海側はアルノ河を属州との境界としたローマでは、ルッカは属州側に入った。境界を越えようものなら属州総督の権利を失うカエサルにとっては、ローマから来るポンペイウスと会うのにはギリギリの地点なのであった。

会談地をルッカと決めたことも、会談の時期を四月はじめとしたことも、互いの都合を考えてである。〝食糧庁長官〟となったポンペイウスには、ローマの小麦輸入先の一つであるサルデーニャ島の視察におもむく予定があり、それを海上の旅行期のはじまる四月に行うつもりで、出港地もピサに決めていた。ピサからルッカまでは、平地を二十キロ北に行くだけである。ローマからアウレリア街道を一路北上したポンペイウスは、ピサの港で待つ船をおいて、約束したとおりにルッカに向った。

史上「ルッカ会談」の名で知られる三頭会談は、四年前の紀元前六〇年のときのように秘密裡(り)になされたのではなかった。トスカーナ地方の小さな町ルッカに集まった、ローマの要職にある者には必ず従う権標(ファッシ)を捧げもつ警士(リクトル)の数、百二十人におよんだという。「三頭」以外にも、要人たちの出席は多かったのだ。元老院議員だけでも、二百人も来ていた。まことにサミットにふさわしい、盛観であったろう。カエサルは、反撃に転じてきた「元老院派」への巻き返しを、今度ばかりは陽の下で正々堂々と行ったのである。ただし、会談は、ポンペイウスとクラッススとカエサルの三者のみで行われた。そして〝共同記者会見〟もない以上、「ルッカ会談」における合意事項は、その後のローマでの政情の変移で推し量るしかないのである。

会談を終えた「三頭」は、それぞれの方向に別れた。ローマへもどるクラッススは南に、サルデーニャ島に向うポンペイウスは西に、そして、ガリアの戦場に向うカエサルは、アルプスを越えて北に。

「ルッカ会談」での決定事項を、以後の変移から拾っていくと次のようになる。これらの事項は、その内容から推測しても、そのすべてが四十三歳のカエサルのアイデアであり、四十九歳のポンペイウスと五十七歳のクラッススが同意して決まったことであろうとは、研究者の間でも一致しているところである。

一、紀元前五六年中に行われねばならない翌・前五五年度の執政官選挙に、ポンペイウスとクラッススの二人ともが立候補する。旧部下たちを動員し、それにローマの一般市民の票を加えれば、ポンペイウスの立候補は即・当選と見てよかったが、経済界の代表格でも人望はないクラッススも、当選確実にする必要があった。そのためには、カエサル配下の軍団兵たちに休暇を与えてローマに送り、投票させると決まる。ただし、執政官選出の市民集会は、通常は夏期に開かれる。夏という戦闘の季節に、軍団兵に休暇を与えることは許されない。それで、この年の選挙だけは冬期に延期させるよう、これはポンペイウスとクラッススに一任された。

なにしろ、ポンペイウスとクラッススの執政官歴は紀元前七〇年に遡（さかのぼ）るから、執政官再選には十年置くとした「スッラの改革」にもふれない。ゆえに、「元老院派」も文句のつけようがない。文句のつけられようもないやり方で、執政官という国家ローマ最高の官職から、ひとまずは「元老院派」を締め出すわけであった。だが、「ルッカ会談」の真意は、次の㈡にあったのだ。

二、執政官（コンスル）の一年の任期が終わると、翌年は前執政官（プロコンスル）の官名で、属州総督として赴任する。ただし、ローマの属州とひとくちに言っても、いまだ未開発の西方あり富裕な東方ありで、ほとんどの前執政官（プロコンスル）はなるべく豊かな属州に赴任したいと願う。執政官の任期中に強権を発動して、翌年の赴任地を自分に有利に決めてしまう者も少なくなかった。その弊害を除く目的でつくられた、ガイウス・グラックスによる「センプローニウス法」以来、執政官の翌年からの任地は、執政官に選出される前に定められると決まっていた。誰が執政官になろうと、その人の翌年の任地は、例えばマケドニア属州、と決まっていたのである。決めるのは、元老院が草案をつくり、それを市民集会が承認するのが慣例になっていた。

これを、「ルッカ会談」では、「三頭」が決めたのである。紀元前五四年には前執政官（プロコンスル）になるポンペイウスの担当する属州は、「遠スペイン（ヒスパニア・ウルテリオル）」と「近スペイン（ヒスパニア・チテリオル）」

の二属州、つまり現スペインのすべて。クラッススの担当することになる属州は、シリア。現代のシリアとパレスティーナ地方にあたる。しかも、二人の任期は、これも慣例を無視して、はじめから五年間と定めた。もちろん、これに準じて、カエサルのガリア属州総督の任期も、二人の任期の切れる紀元前五〇年末に合わせて、さらに四年間延長される。

そして、「三頭」の使える軍事力も、各々十個軍団と決まった。カエサルが与えられていたのは当初は四個軍団で、それに彼が自己負担で四個軍団編成して八個軍団にしていたのだが、元老院の許可もなく編成していた四個軍団が公認されれば、正規の軍団になるのに加えて維持も国費でまかなえる。そのうえ、さらに二個軍団の編成権も公認させるというわけだった。

三者いずれもが紀元前五〇年末の任期切れまでの期間に、十個軍団もの大戦力を自由にできるということは、前六〇年当時の「三頭政治」が、ポンペイウスの軍事力、クラッススの経済力、カエサルの民衆支持を合体させたものであったのと比べ、前五六年のそれは、三者いずれもが軍事力をもつことで、軍事同盟の色彩が濃厚になったというちがいがある。だが、これも、カエサルにしてみればはっきりした理由があった。

一、北にカエサル、西にポンペイウス、東にクラッススが率いる各十個軍団は、首都ローマに無言の圧力をかけないではすまない。「元老院派」といえども、これを意識しないではいられなくなるはずであった。

二、ポンペイウスの担当となった両スペインは、この地域のローマ下での平和確立を単に意味しない。イベリア半島を制す者は、北アフリカをも制すのである。また、クラッススの担当するシリア属州は、隣りの大国パルティアを押さえ、ユーフラテス河をこの地方の防衛線として確立するという、重要きわまりない属州であったのだ。ライン河という北方の防衛線は、カエサル自らが担当する。

「ルッカ会談」によって強化された「三頭政治」は、読みの浅い人ならば、三強が私益を実現するために組んだ同盟、としか見ない。たしかに、三人の実力者はそれぞれ、元老院体制を越えたところで力をもつという、私益強化を図ったのである。しかし、それは同時に、国家ローマの防衛線を確立するという公益につながっていた。五年もの任期、十個軍団もの大戦力は、それを実現するのに必要であったのだ。三強でそれを実現するのだから、三強はいずれも平等な権利をもたねばならなかった。

「ルッカ会談」で決まった事項の第三は、〝マスコミ対策〟である。キケロに対する説得は、ポンペイウスが引き受けたのだが、カエサルは、それで充分とは思わなかった。

追放からもどって以来のキケロは、知人友人をカエサルに紹介し、ガリアで使ってくれるよう頼むことをしばしば行っている。地方出身者でありながら首都で成功したキケロのもとには野心ある若者たちが頼って来ていたのだが、キケロはこれらの前途有望な若者たちを、カエサルに託したのである。戦線のカエサルからも、冗談あふれる手紙さえとどく。

「誰でも送ってきたまえ、きみが良しとする者たちを。もしも彼らが望むならば、ガリアの王にもするし、レプタエ（これは何を意味するか不明）の勘定に付けておいてもいい。わたしの許で幸運をつかめると思うなら、送ってくるのを遠慮しないでくれたまえ」

これは、他の人に頼もうと思っていたのだが、と遠慮がちに地方出身の無名の若者の就職を依頼したキケロの手紙に対する、カエサルの返事である。戦争しながら属州統治もしなくてはならないカエサルには、事務官僚は常に必要だったにしても、このような縁故を活用できるということは、地方出身者の成功頭（がしら）であるキケロにとっては面目も立つし快感でもあったろう。

しかし、カエサルによるキケロ対策の極め手は、キケロの弟のクインティウスを幕僚の一人に任命し、軍団長の大任をまかせたことである。親友アッティクスの妹を妻にしている弟だったが、夫婦仲はうまくいかず、政界でも弁護士業でも鳴かず飛ばずで、賢兄に対する愚弟と見なされていた弟だった。とはいえ、兄弟愛の強いキケロは、何とかしてやりたい想いであったのだ。年齢も四十歳をはるかに過ぎ、健康でも問題のあるクインティウス・キケロを、カエサルは、最も華々しい前線の指揮官の一人に任命する。

ガリア戦役が勝利に次ぐ勝利に輝き、反カエサル派が根強い元老院でさえも、前例のない十五日間という神々への感謝祭を決めたほどである。勝利の知らせはローマの若者たちの胸を燃やし、カエサルの許で戦役を闘いたいと望む若者たちが、上層の子弟の間でも増す一方であったのだ。ガリア戦役参加は、若者たちの間での流行現象になりつつあった。

どうやら、この時期からのカエサルは、かつての愛人たちの息子の武者修行まで、一手に引き受けていた観さえある。カエサルの許で軍団長や大隊長の将官クラスに名が出る若者たちの母親の多くは、カエサルの愛人名簿を飾った女たちであったからだ。

元老院への報告書でも『ガリア戦記』でも、部下のあげた功績ははっきりとそのことを銘記したカエサルである。昔の恋人に息子を託し、彼もまたそれをまっとうしてくれるのだから愉(たの)しいではないか。実の息子には恵まれなかったカエサルだから、親身になれたのかもしれない。

いずれにしても、ローマの良家の若者たちが参集し、冬営期にはガリア人を招いてギリシア悲劇を上演して観(み)せたというガリアの戦線だったが、キケロの弟の参加には、カエサルの冷徹な計算もあったのである。それは、弟を厚遇することで兄キケロの機嫌をとるというよりも、実質は弟キケロを人質に取るということだった。人質に取ることで、首都ローマでのキケロの言論にブレーキをかけるのが、カエサルの目的であったのだ。

ところが、キケロの残した数多くの手紙のどこを探しても、人質を取られていることへの疑いは影さえもない。キケロは、本心からカエサルに感謝しているのである。カエサルが書き送ってくる弟の戦功に、本心から喜んでいるのだ。これは、カエサルという男が、一つのことを一つだけの目的ではしなかったことを証明している。とはいえ、このやり方が成功するのは、やる側がいずれの目的も信じているからである。カエサルは、キケロ対策として、その弟を実質上の人質に取った。しかし、弟の意外な健闘に驚き喜ぶキケロと、カエサルも、驚きと喜びを共有したのである。そうでなければ、感情のゆれは激しくても頭脳は明晰な、キケロを欺き通すことなどはできなかった。

「ルッカ会談」の成果は、これらの同意事項が実行に移される以前から、つまり会談の後一ヵ月も経たないうちからはっきりしはじめていた。ルッカでのサミットもどきの会談は、正々堂々となされたこと自体ですでに効果を産んでいた。元老院議員の中で、旗色を鮮明にしていなかった人々の「三頭」寄りが強まる。これでは、カエサルの軍団兵たちの冬営入りを待って十二月、それも遅れたためにさらに翌年の一月半ばまで執政官選挙を延期したのにも、反対した者は少なかった。紀元前五五年一月、ルッカでの協定通り、ポンペイウスとクラッススの二人が執政官に当選した。「元老院派」の推した候補者は、大きく差をつけられて落選した。

そして、選出は遅れたが、当選と同時に就任した執政官のポンペイウスとクラッススは、ルッカ会談で決めたことの実行にときを無駄にしなかった。

三月、カエサル派の護民官トレボニウスは、「トレボニウス法」を提出する。翌・紀元前五四年からのポンペイウスとクラッススの、スペインとシリアの属州赴任と五年間の任期、そして十個軍団の編成権を認めた法であった。小カトーの反対演説は、元老院でさえ、返ってこない山びこだった。その元老院会議での可決は、簡単に済んだ。

そのすぐ後、執政官のポンペイウスとクラッススは、共同提案という形で、「ポンペイウス・リキニウス法」を提出する。今度は、カエサルのガリア属州総督の任期を、紀元前五〇年末まで延長し、彼にも十個軍団の編成権を認めるとした法である。これも、反対したのは小カトーのみ。可決は、挙手をするまでもないほどで終わった。「三頭政治」による国政支配は完璧だった。執政官は二人、法務官は八人中全員、護民官は、十人のうち八人までが、「三頭」派で占められたのである。そして、〝マスコミ〟も沈黙。「ルッカ会談」以後の首都ローマでの政情を、前年の執政官で属州に赴任している親友のレントゥルスに、キケロはぐちって書いている。

「軍事力と金を持つあの連中が、ローマ人の倫理まで支配するようになったのは、彼らの力によるよりも、彼らの敵の不決断と低能さによる。あの連中は元老院で、ほとんど反対もされずに望むものを得たのだ。市民集会でさえ、こんなに簡単にはいかなかったろうに。これでカエサルも、任期終了を目前にしての、延長とか後任選びとかでごたごたしないですむことになったというわけだ」

キケロも元老院議員なのだから、不決断で低能だった一人のはずだが、そのことへの言及はない。キケロという人は、ローマ史上最高の知識人で弁論家で文章家というのが二千年このかたの定説だが、自己批判は得意な男ではなかった。

紀元前五六年と前五五年の二年間は、「ルッカ会談」の影響が大きくローマをおおっていたためか、一応にしても平穏裡に過ぎる。ポンペイウスが建てさせローマ市民に贈った大劇場も完成し、ローマでは最初の石造の野外劇場の完成を祝ってくりひろげられた連日の豪華な見世物に、民衆の端々にいたるまでが大満足であった。カエサルも、首都での政情の変化を気遣う必要もなく、ガリア戦役に専念することができたのである。だが、この時期にカエサルは、母アウレリアの死の知らせを、戦場で受けることになる。

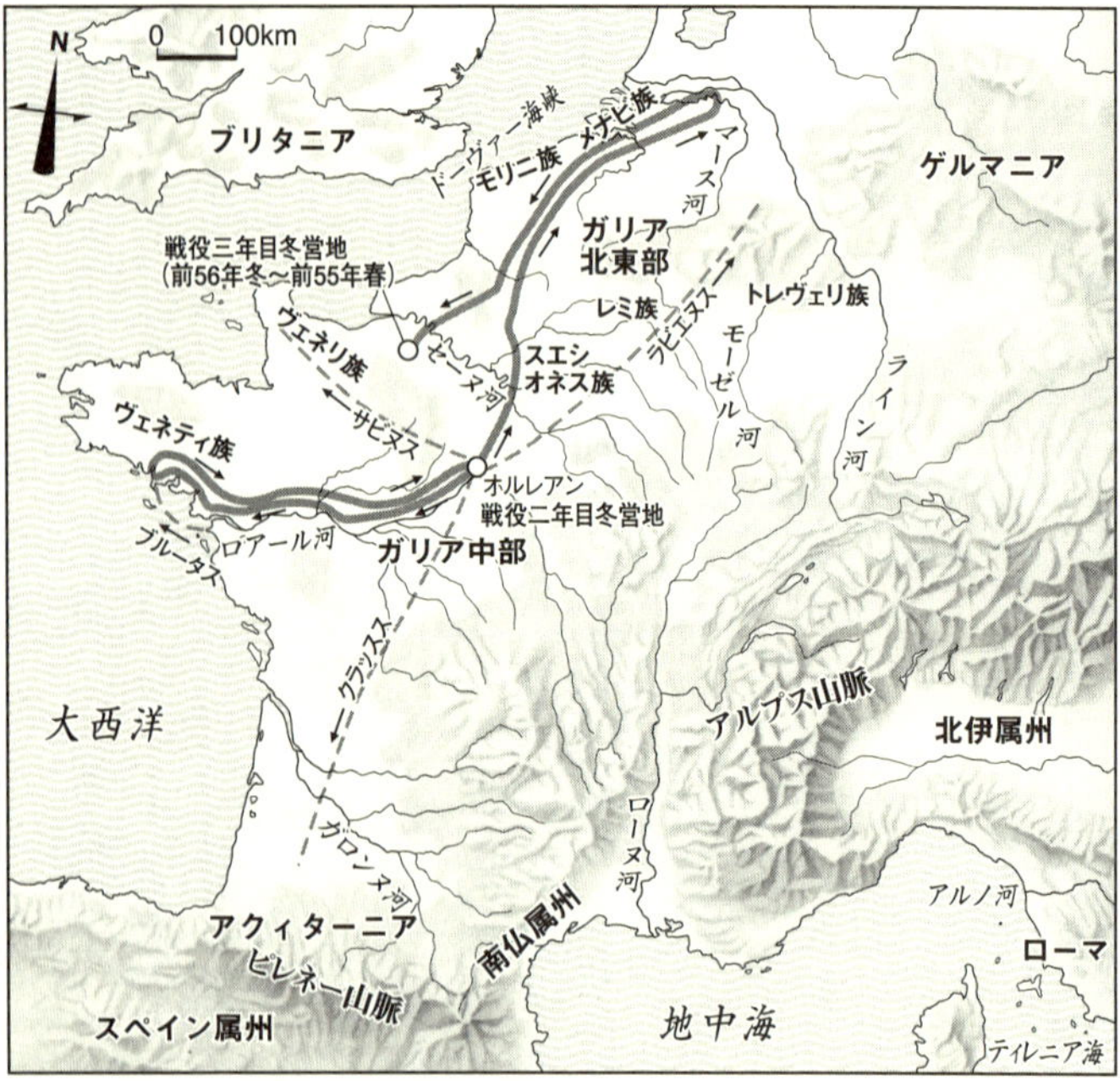

ガリア戦役三年目

紀元前56年
カエサル、44歳

私が幼ない息子をスキーに連れていっていた一九七〇年代末、イタリアとフランスをへだてるアルプスに近づくにつれて、トリノを後にした頃は道幅が広かった道路もだんだんとせばまり、不便になっていくのが不思議だった。アルプスに登っていくからか、と思っていた。でなければ、他国からの侵略を防ぐためか、と。後者であるとすれば、航空機の時代なのに時代錯誤もよいところだと思ったが、空爆は決定打にはなれない。征服は、地上軍を進攻させてはじめて成しとげられるのだから、わからないでもないとは思ったのである。ところが、一九八〇年代に入るや、同じ道が幅も広く便利に、国内の道路と同じように改良された。私はそのときはじめて、ヨーロッパ連合が、それを望む気持にしても本物であることを痛感したのである。

ユリウス・カエサルは、『ガリア戦記』の第二巻を、つまり紀元前五七年の戦役の叙述を、これで「ガリアは平和になった」で結んでいる。後から見れば少々早とちりではないかと思えないでもないが、彼にしてみれば、戦いを交えない部族からも人質を出させて恭順の誓約を取ったのだから、ということだろう。そして、『戦記』の第三巻を、つまり紀元前五六年の戦役の叙述を、冬営期に入る前に幕僚の一人ガルバに命じておいた、アルプスに住む山岳民族の制圧から筆を起こしている。そして、それをさせた理由を、アルプスを越えてなされるイタリアと現フランスのガリアとの通商の自由と安全を確保するためであった、としている。なぜなら、これらの山岳部族は商品を強奪したり、通行を許しても高い関税を強要したりするからだった。

第十二軍団と騎兵をガルバに与えて制圧を命じた一帯は、現代ではトリノから北上してアオスタにいたり、そこからアルプスを越えて行く道筋にあたる。一方、カエサルが春になるたびにアルプスを越えた道は、すでに当時でも幹線路になっていた、私もスキーをするために毎冬通っていたトリノから西にスーザの谷を登って行く道であったようだ。となればカエサルは、南のジェノヴァからとトリノの西からと、そして今度はトリノの北からとの三路を、イタリアとガリアの間を結ぶ通路にしようと考えたのだと思う。ジェノヴァを通っていく道筋以外の二路は、古代から、ハンニバルがどこでアルプスを越えたかを推測するうえでの二大候補でもあった。

いずれにしても、ローマ軍をガリアに移動させる道は、すでに二つも存在していたのである。ゆえに、この二路より北を通る道筋の確保を命じたカエサルの意図は、彼が書いたように、通商の自由と安全にあったとするのを信じてよいと思う。しかし、経済の進出は文明の進出でもある。進出された側がしばしば神経質に反応するのも、そのためである。それにしてもこの一事は、昔から一貫してローマ人の頭を占めてきた、アルプスを北の防衛線とする考えを、カエサルが超脱していたことを示している。アルプス山脈は、カエサルの頭の中ではもはや、境界ではなくなっていたのであった。

短期的に見れば、この試みは失敗した。いったんは制圧に成功したガルバ率いるローマの一個軍団も、現地で冬営に入ったとたんに三万もの山岳民に襲撃され、兵の犠牲を大きくしないために撤退したからである。とはいえ、軍事的に必要不可欠なことに挑戦したのではない。そして、ルッカでの会談でいつもより戦場入りが遅れたカエサルには、優先さるべき解決事項が目前に控えていた。

大西洋

カエサルが、恭順を誓い、人質を提出しただけの諸部族の住むガリア西部に置いた冬営地をまかせたプブリウス・クラッススは、「三頭」の一頭クラッススの長男である。ただし、金もうけと他人をうらやむことしか知らない父親に比べて、とんびが鷹（たか）

を産んだとローマっ子が噂したほど、精神的にも肉体的にも凜々しい青年だった。カエサルがこの青年を重用したのは、息子を託した父親への気遣いゆえではない。カエサルにとっては愛人の一人であった、母親の心を汲むだけでもなかった。青年クラッススの才能を高く買い、それを深く愛したからである。『ガリア戦記』中でこの青年将校にふれるたびに、青年クラッススとか若きクラッススと記す行間から、この若き部下への愛情がにじみ出ている。一方、「若きクラッスス」のほうも、カエサルの信頼に見事に応えた。遠方にいる総司令官に、正確な情報を数多く着実に送りとどけたこともその一つだった。

大西洋岸一帯のガリアの諸部族に不穏な動きが見られるのを、イタリアにいながらカエサルは、正確に把握していた。しかし、「三頭政治」を固めることのほうが先決した。それも、迷いはじめていたポンペイウスがどうしても先にまわすことができない任務でローマを発つまで待たねばならなかった。それで「ルッカ会談」を終えるやいなや、ガリアに直行したのである。青年クラッススが守る冬営地に到着したカエサルは、すでに決断を下せる状態にあった。

冬営中の最難事は、どれほど配慮していても足りなくなってしまう食糧の補給にある。制覇したばかりのガリアでは、確実な補給先を確保することもむずかしく、南仏属州からでは遠すぎた。当初の予定では、恭順を誓っただけのガリア西部の諸部族からは、小麦の買い上げを控えることにしていた。だが、足りなくなってはいたしかたない。それで、第七軍団とともに冬営地を預かる青年クラッススは、部下の隊長たちを周辺の部族の地への買い出しに行かせたのである。

ところが、ヴェネティ族に送った二人が捕われてしまったのだ。ヴェネティ族とは、現ブリターニュ地方に住む部族で、船を操り大西洋一帯に勢威をふるい、ブリタニア（現イギリス）とも連絡をもつ、この辺りでは強力な部族である。強力であるだけに強気だった。捕えたローマの隊長二人と、いったんは人質に出した自分たちの同胞とを交換しようと言い出したのである。だが、これにクラッススが答える前に、この一件はガリア西部一帯に知れわたってしまった。カエサルの評価によれば「何ごとも発作的に決めてしまうガリア人」だけに、他の部族も、小麦の購入に来ていたローマ兵を捕える。そのうえ、周辺一帯に使いを派したヴェネティ族は、ローマ軍に対しては共同歩調をとろうとこれらの部族にも呼びかけた。そうしておいて、青年クラッススに使いを送り、団体交渉での人質交換を要求してきたのである。

ここまでの報告を、カエサルはイタリアにいてすでに受けていた。しかし、「ルッカ会談」が足どめしている。それで、青年クラッススには、ヴェネティ族の領界のすぐ南を大西洋に流れこむロアール河の河口で多数の船を建造し、漕ぎ手と船乗りを南仏属州から徴集するよう命じた。人質交換に関しては、カエサルの到着まで凍結状態にしておくようにと伝える。

カエサルが現地に到着したとき、これらの指令は着実に実行されていた。そして、ヴェネティ族をはじめとするガリア西部の諸部族が、ローマ軍に対して戦いを挑むことで一致しているのも知った。彼らのその想いを、カエサルは公正に記す。「ローマ人の使用人になるよりも、祖先から受け継いだ自由をもちつづけるほうを選んだからである」と。また、ガリア西部の部族が戦いを決意したのも、あながち非現実的なことではなかった。彼らの見通しは、次の五点に基づいていた。

一、小麦の購入の目的で訪れたローマ兵を捕えたことで、ローマ軍は簡単には引き下がらないであろうと覚悟したこと。

二、河川が多く湿地帯の多いこの一帯の地勢は、現地人にとってこそ有利であること。

三、ローマ人は、海に不慣れな民族であること。

四、兵糧(ひょうろう)確保も困難な地方での戦争は、長期化は不可能であるはずだから、ローマ軍は早晩、引き揚げざるをえないであろうとの予測。

五、ヴェネティ族の呼びかけに応じたのは、大西洋岸の諸部族にかぎらず、ガリア北部の北西地方に住むモリニ族もメナピ族も、また、ドーヴァー海峡をはさんで向い合うブリタニアからも、支援部隊が到着する予定であること。

しかし、ローマ軍に立ち向うと決めた彼らの決意の強さに比べても、挑戦を受けて立つと決めたカエサルの決意は強かった。カエサルは、次の五点で、諸々の困難にもかかわらず戦争をはじめる必要があったと言っている。

一、ローマ人を不当に拘留するなどという、無法行為の放置は許されない。

二、恭順の誓約をしておきながら、反旗をひるがえした罪。

三、人質を提出しておきながらの変節。

四、多くの部族を結集しての、共謀であることの危険性。

五、ここで断固とした態度で臨まないかぎり、ガリアの他の地方にも悪影響が及ぶ危険があること。

カエサルの立てた戦略は、次のものだった。使える戦力は、十個軍団になるのはポンペイウスとクラッススにも認められる二年後になってからだから、現兵力は八個軍団の五万足らず。これで、五方面に分れての戦線を展開したのである。

一、副将ラビエヌスには騎兵団を与え、北東ガリアに送り出す。ラインとモーゼルの両河にはさまれた一帯に住むトレヴェリ族の領土が目的地だが、途中でローマの同盟部族であるレミ族の忠誠を確認し、ゲルマン人がこの機を利用してライン河を越えて来ようものなら、それを阻止するのが任務だった。

二、若きクラッススには、十二個大隊の歩兵七千余りと手持ち全部の騎兵を与え、南のアクィターニア地方に派遣する。この地方からの援軍が、大西洋岸ぞいに北上してヴェネティ族を助けるのを、事前に阻止するのが目的である。

三、幕僚サビヌスには、三個軍団を与え、現代のノルマンディー地方に住むヴェネリ族の制圧のため、北に向けて送り出す。

四、これも青年クラッスス同様、カエサルが深い愛情をこめて「若きブルータス」と記すこと多かったデキムス・ブルータスには、造船が完了した軍船団を率いて、海側からヴェネティ族を攻める任務が与えられた。ちなみに、このブルータスは、あのマルクス・ブルータスとは別人である。

五、そして、カエサル自身は、残りの全軍を率いて西に向う。陸側からヴェネティ族に攻め入るのが目的だった。

この戦略からも、カエサルの頭の中にはガリア全土の地図が、正確にインプットされていたことがわかる。このときの戦役は、正確な情報と、それに基づいて立てられた明快な戦略と、それを遂行するに足る兵力が与えられ、そのうえでの自主性の発揮まで認められれば、カエサルの出馬がなくても各軍団長は、充分に働けることを示した例になる。生まれてはじめて一戦線をまかされたデキムス・ブルータスにいたっては、二十八歳でしかなかった。

五つの戦線中、敵と闘うことが最も少なかったのは、カエサル率いる歩兵軍団である。現地到着後に調べさせたことから、敵が立てこもる城塞への接近はほとんど陸側からは無理で、海軍の到着を待つしかないとわかったからだった。ヴェネティ族の築く城塞は、海上に突き出た岬の突端にあることが多く、満潮時はもちろん通行不可、干潮時でも、船が浅瀬に乗りあげる危険を無視できない。これでは、陸海とも攻城戦は不可能事になる。この現状を打破するために、ローマ軍が大規模な土木工事を展開して接近を図っても、敵は数多くの大型船に人も武器も食糧も積み、同じような地勢の近くの城塞に移動してしまうのだった。こうしているうちに、夏が過ぎる。ローマの海軍の到着が遅れたのは、悪天候のために港に釘づけにされていたのと、港を出たにしても、広い大洋に驚き、潮流の激しさに翻弄され、逃げこもうにも港すら少ない大西洋では、航海すること自体が難事であったからである。それでも夏も終わる頃になって、土木工事による接近もあきらめてただ待つしかなかったカエサルの前に、ローマ海軍が姿を現わした。それを見たヴェネティ族も、集めておいた二百二十隻で、迎え撃つために港を後にする。

崖の上から観戦するカエサルにも、ガリア船と比較して味方の船の、大洋での不適合さが印象的であったのではないか。簡単に言えば、丸い西瓜を真中で割り、中身をえぐりとったのがガリア船で、横長のまくわうりを同じようにしたのがローマ船である。多量の船をつくれというカエサルの命令は実行されたが、つくられたのは、地中海の航行ならば適しているガレー船だった。とはいえ、大洋を航行するのではない。海戦をするのである。頑丈で堅固につくられ、ローマ船がぶつかってもびくともしない造りのヴェネティ族の船だが、船高が非常に高いこともあって帆船としてしか使えない。つまり、ローマ船は櫂という一種のモーター付きだが、ガリア船では帆が命、ということだった。二十八歳の若き指揮官は、これに的をしぼったのである。第一次ポエニ戦役の時代に、海軍国カルタゴに抗してローマ人が考案した「カラス」を思い出していただきたい（『ローマ人の物語Ⅱ』三二、三三頁＝文庫版第3巻四七頁）。海洋民族でないローマ人には、船への特別な思い入れがない。ゆえに船上に変なものを装備するのも、船への既成概念がないために抵抗なくやれるのだった。

ブリターニュ地方の海の民であるヴェネティ族はもちろんのこと、応援に馳せ参じたモリニもメナピの部族も、そしてブリタニアからの支援軍も、北の海に耐える頑丈で船高のある船を造る技術に優れていたと同時に、荒れ狂う大洋でも航行できる操船技術にも秀でている。海戦の前半戦は、自在に大型船を操りながら高所から矢を降らせてくる敵に対し、敵船とぶつかればこちらの船のほうが破壊されるゆえに接近もままならないローマ船の対決で、崖の上に鈴なりになって観戦するローマ兵にとっては、気のもめる戦況であったろう。しかし、決死の想いで接近したローマ船から投げられた新兵器が活躍しはじめるにおよんで、戦況は一変する。新兵器といっても、新しく創案されたものではなく、ローマ人の得意とした応用の結果ではあったのだが。

それは、長く丈夫なロープの端にとりつけられた、攻城の際の城壁に取りつくときに用いる投げ鎌である。ただし、石壁や防柵にひっかける場合は、ひっかけて固定できればよいのだから、鎌は研ぎすまされている必要はない。だが、紀元前五六年の海戦時のそれは、鋭く研いであった。ひっかけて断ち切るのが、目的であったからだ。

これを、敵船に接近して投げる。投げて、敵船の帆柱に帆桁（ほげた）を結びつけているロープにひっかける。そして、全速力でオールを漕いで遠ざかることによって、それを断ち切るのである。ガリア船は、オールで漕ぐガレー船でないから、帆でしか動けない。その帆が張られている帆桁が、切断されたことで甲板上に落下し、帆は使えなくなってしまう。帆の使用が不可能になっても、櫂（かい）は代用できない。船高がありすぎるからである。

帆が使えなくなって立往生しているガリアの大型船を、ローマの中型ガレー船が数隻で囲む。敵の船上に乗り移りさえすれば、もはや地上の戦闘と同じだ。後は、カエサルの書くように、「兵士一人一人の戦闘能力で勝負は決まる」のであった。白兵戦に持ちこめば、ローマ兵の強さは抜群だった。

この戦況の変化に、いまだ帆桁を断ち切られていないガリア船は、風を利用して逃げようとした。だが、まさにそのとき、海上は凪（なぎ）になった。帆が健在であろうと、オールを使って全速力で近づく細身のガレー船に追いつかれないではすまない。数ならば優勢のローマ船に、ここでもガリアの大型帆船は餌食（えじき）になるだけだった。ローマ最初の大西洋での海戦は、午前十時から日没までつづき、敵側で逃げられたのはほんの数隻という、ローマ側の完勝に終わった。これ以降、青年ブルータスは、海戦の専門家のように見なされることになる。

この海戦の勝利は、部族中の使える男たちすべてを投入していたヴェネティ族の戦闘力を根こそぎにしただけでなく、支援に駆けつけていた他の沿岸諸部族の力もそいだ結果になった。彼らは、戦闘員ばかりでなく船も失った。大西洋から北海にかけての住民たちは、ローマの覇権に屈したのである。降伏を告げる使節が、カエサルの許に送られた。

カエサルは、沿岸諸部族を共闘に導いた首謀格のヴェネティ族には、厳しい態度で臨むことに決めた。彼はその理由を、「野蛮人どもに以後、外交関係を尊重しないことの誤りを悟らせるため」としている。不当な拘留も誓約の破棄も、カエサルにしてみれば、異民族間の共生には不可欠なルールに反する行為なのであった。彼は、ガリア人の宗教や風俗習慣を叙述しながらも、それらが自分たちのものより劣っているなどとは、一言も言っていない。それどころか、彼ら特有のもの、つまり文化は、尊重している。この四年後にカエサルは、ガリア人相手に唯一の撤退を経験するが、そのときに、彼は自分の剣を失う。ガリア人たちはその剣を、勝利の記念として自分たちの神の祠に祭った。それを、翌年には再び覇者になったカエサルが見たとき、側近たちは、不名誉だから取りはずすよう推めた。だが、カエサルは、すでに信仰の対象になっているのだからそのままにしておけ、と言ったのだった。文化は、各人のものであり、それをどう考えるかは各人の自由である。しかし、文明は、人種も肌の色も風俗習慣も異なる人間同士が共生するに必要なルールは、各人勝手で自由として済ませるわけにはいかない。ゆえに、平易に言えば、生きるマナーに過ぎないことなのに、文明という仰々しい文字を冠せられることになるのである。この件に関しても、カエサルは常に明快で首尾一貫していた。現代人ならばしばしば見られるためらいは、彼にはまったく見られない。野蛮人、とはっきり書いたカエサルは、そのヴェネティ族の長老たちは死刑に処し、住人全員は奴隷に売り払った。

その間、カエサルが東と北と南の三方に派遣していた軍団も、総司令官の出馬を乞う必要もなく任務を遂行していた。おそらくカエサルが、少しの心配もしなかったのは、東方のライン河に派した副将ラビエヌス一人であったろう。カエサルの、この同年輩の平民出の将に対する信頼は万全だった。とはいえ、北のノルマンディー地方の制圧に送り出していたサビヌスも、南のアクィターニア地方に派遣した青年クラッススも、それぞれの性格を反映した闘いぶりながら、与えられた任務は立派に果したのである。サビヌスは、ローマ軍の苦境を誇張した噂を広めて敵を安心させ、それに勢いづいて襲撃してきた敵を万全な状態で迎え撃つという、時間はかかったが慎重な戦法で勝利を収めた。一方の若きクラッススは、面積は狭くても人口は多く、それゆえにカエサルが、ガリアの三分の一を占めるとさえ見たアクィターニア地方で、休む間もない積極的な戦法を駆使しながら、この地方に割拠していた諸部族を次から次へと制圧していった。

しかし、彼らとてカエサル同様、戦闘に敗れた部族の抹殺(まっさつ)はしていない。降伏を受け入れ、講和を結び、講和の保証としての人質を出させたのである。青少年で占められていた人質は、いつものローマのやり方で、イタリア各地の有力者たちの家にホームステイに出されて教育を受け、ローマ・シンパに育成されると同時に、文明の何たるかを学ぶのだった。この青少年が成長して帰国したあかつきには、自国の各分野で活躍するのである。これが、ローマ人の考えた〝フルブライト留学制〟のやり方だった。二千年後の上院議員フルブライト氏も、考えたことは同じではなかったか。

配下の幕僚たちが充分な働きをしてくれたために、夏の終わりにヴェネティ族との決着をつけていたカエサルは、冬営に入る前に一仕事終えようと決める。海軍が奮闘してくれたおかげで、カエサル率いる歩兵軍団は疲れていない。それで彼は、ヴェネティ族に支援軍を派遣していた、現ベルギーから現オランダの南部にかけて住むモリニ族とメナピ族の制圧に向うことに決めた。彼らだけが、全ガリアで、カエサルに恭順の使いを送ってきていなかった。ただし、季節はすでに秋に入っている。カエサルは容易にカタがつくと見たが、実際は、ガリア最北東部へのこのときの進攻は、予想したほどは容易ではなかった。敵が、正面からぶつかってはローマ軍にかなわないと見て、別の戦法で抗してきたからである。

ライン河の下流一帯は、現代ではベルギーとオランダという先進国だから開発も進んで近代的に整備された地方だが、紀元前一世紀の当時は、深い森と底知れぬ沼と湿地帯が占める地方だった。ローマ軍の接近を知ったこの地方の住人であるゲルマン系のガリア人は、自分たちの所有物と住民のすべてを、森の奥深くに隠して待った。それゆえ、到着したローマ軍の前には、敵の姿はなかった。だが、陣営の設営作業をはじめるや、襲ってくる。それでカエサルは、森の樹木を、端から順に切り倒すよう命じた。

切り倒した樹は、ただちに防柵づくりに使用される。つくった防柵内にいつでも逃げこめる状態で、その前にある樹を切り倒す。樹木を切り倒し、それで防柵をつくり、また前進して樹を切り倒し防柵を築く作業の連続だ。この作業法により、数日のうちに、防柵で守られた長い囲い道を森の中に通すことができた。

森の中に切り開いた囲い道を前進するローマ軍は、敵が隠しておいた食糧や家畜は手に入れることはできたが、敵兵は森の奥深くに逃げこむばかりである。そのうちに、もともと天候に恵まれないこの地方では当然のことだが、雨が降り風が吹きまくる季節が訪れた。森の中での作業も、続行は困難になった。皮製の天幕の中でも、兵士たちは眠ることさえできなくなった。カエサルは、撤退を決める。だが、このときの進攻というより実地踏査に近い遠征で、カエサルは、ライン以西のガリアの安定は、所詮はゲルマン問題であるのを知ったにちがいない。それが、翌年の戦役につながっていくのだった。

ガリア戦役四年目

紀元前55年
カエサル、45歳

この年、紀元前五五年は、「ルッカ会談」での合意どおりに、ポンペイウスとクラッススが執政官を務める年である。毎冬の例でアルプスを南に越え属州の統治で冬を送ったカエサルも、「三頭政治（トリウンヴィラートゥス）」が充分に機能していることもあって、いつもよりは早くアルプスを越え、ガリアにもどった。ガリアの地に冬営している軍団に、なるべく早く合流する必要があった。ゲルマン人の中の弱小二部族が、ラインを渡って西方に移動中という知らせが入っていたからである。このことでカエサルは、ゲルマン人と一口に言っても彼らも諸部族の合同体で、その部族間の力関係が、ラインを越えてガリアにまで影響をおよぼすことの根源であるのを知った。

ゲルマン民族中で最強の部族は、ライン河中流地帯の東部に広く住むスヴェヴィ族である。全部族は百の共同体に分かれ、毎年、その共同体ごとに一千人の戦闘員を徴集して軍を形成する。総勢、十万の戦力になる。この十万が、国外侵攻要員だ。国内に残った者は、自分の家族以外にも、戦闘に出ている者の家族も養う。そして、翌年になれば、国内組と国外組は交代する。この制度によって、生活と戦闘を両立させていた。スヴェヴィ族の共同体では、私有地は認められなかった。また、一年以上同じ土地に定住することも許されなかった。流浪の身でいるほうが自然でもあったのだろう。狩猟が男の主な仕事であったから、牛乳と肉が主食であり、ゆえに耕作よりも狩

肉を主食とするためか、彼らの肉体は見上げるばかりに丈高く頑健で、日々の武術訓練の成果もあって勇猛で鳴らしていた。ただし、生活のしかたは、かつてのスパルタ人のような規律正しいものではなかった。寒い土地に住んでいるにかかわらず、衣服といえば毛皮しか身にまとわない。また、それも豊富でないから、身体全体にまとうに足らず、肉体の多くは露出したまま。ローマ人からすれば、半裸としか見えない入浴も、川でするのだった。

商人をしめ出していたわけではない。だがそれは、自分たちで生産した品を売るためではなく、強奪したものを売るためだった。葡萄酒の輸入は、軟弱にするだけとして禁止されていた。馬も、美しく丈高い他地方産の馬に頼らず、自分たちのところで飼育する小型の、しかし頑丈な馬を好んだ。裸馬を自在にあつかい、必要とあれば馬から降りて闘うことも辞さなかった。

スヴェヴィ族は、戦闘に勝って他の部族を屈服させても、ローマ人のように植民都市を建設したりして、現地に融合するやり方はとらない。征服者と被征服者の関係は、

はっきりと分れていた。それを示すためか、自分たちの領域の周囲を荒地のままにしておくのが常だった。その荒地こそ、自分たちの強さの証(あかし)であると考えていたからである。他部族の侵入を許さないその無人の荒地の幅は、カエサルが聴いたところでは、九百キロにもなっていたという。

ライン以東に住むゲルマン人の中で、最強ではなかったが最大ではあった部族が、スヴェヴィ族よりは下流に住むウビィ族である。この部族はライン河に近い一帯に住んでいるために、ガリア人との交流も多く、より文明化していた。スヴェヴィ族はこのウビィ族にも何度も戦闘をしかけたが、相手の人口の多さに追い出すこともかなわず、年貢(ねんぐ)金をとることで満足するしかなかった。スヴェヴィ族の侵略がラインのさらに下流、つまり北方に集中したのも、ウビィ族の征服を断念したからにすぎない。おかげで、スヴェヴィ族の侵攻の矢面に立たされることになってしまったウシペティ族とテンクテリ族が、征服されて奴隷(どれい)化されるのを避けるために、ラインを渡ってガリア側になだれこんできたのであった。

これらすべてを知ったカエサルは、紀元前五五年の戦線は、対ゲルマンになるしかないと考える。ただし、目的はライン以東の制覇にはない。変わりやすいガリア人の性向を、変わらないように事前に手を打つのが真の目的である。カエサルは、ガリア人とは噂の奴隷であり、しかもそれも、自分たちが望ましいと思う色をつけた形で信じてしまう、と言っている。とはいえ、カエサルは、このような本音はガリア人にはもらさず、騎兵力に優れるゲルマン相手の戦いには欠かせない、騎兵の参戦を求めただけであった。そして、ことが大きくなる前に処置するのが大切と判断し、軍団をはっきりと東に向ける。ノルマンディー地方の冬営地から出発し、セーヌ河を越えた後も北東に進み、ベルギーを横断しオランダの南部を横切り、ドイツの西北部からラインに達しようとする行軍路である。ゲルマンが標的とは、誰の眼にも明らかだった。

カエサルの接近を聴き知ったウシペティ族とテンクテリ族は、急いで使者をカエサルの許に送ってきた。スヴェヴィ族に追い出されたがゆえの移動だから、ライン以西の地に住むしかない、と告げるところまでは哀願調だが、いざとなればローマ軍相手に一戦交える気でいることは読みとれた。それにカエサルは、自領も守れないゲルマン人のライン以西への移住は認めないこと、住む地がないというのならば、ウビィ族を説得するから、彼らの地を譲ってもらうとよい、と答える。スヴェヴィ族の専横に困惑していたウビィ族の使節が、ちょうどその時期、カエサルの陣営を訪れていたのである。その日は、この提案を部族にもどって討議すると言って使節が去ったが、その後もカエサルと使節の話し合いは二度行われた。その間カエサルは、一日の行軍距離を数キロまで落としたが、前進はやめなかった。ただし、先行する騎兵団には、戦いはしかけてはならないと命じた。カエサルは、交渉続行中は休戦と考えていたからである。

ところが、このように和戦の双方ともが微妙な状態で進んでいたとき、ゲルマンの騎兵がローマの騎兵を攻撃し、不意を突かれたローマ側は七十四騎も失うという事故が起こる。カエサルは、ここにいたって和を捨てた。軍団長たちを召集し、もはや一日も空費すべきではないと告げる。敵との距離は、その日の時点で十二キロあった。

哀れなのは、この翌日早々、昨日の事故の弁明と謝罪にカエサルを訪れたゲルマン二部族の長老たちであった。カエサルは、この長老たちの拘留を命じておいて、配下の全軍を陣営地から外に出した。敵に向う行軍の順位は、前日の戦闘で気落ちしているにちがいない騎兵団を、後衛に配して出発する。陣営を後にした時点ですでに、ローマ軍特有の戦闘陣形である三重列を組んでの行軍だった。

戦闘を控えていない平時でも一時間に五キロ踏破するローマ軍の行軍速度では、ゲルマンの二部族の宿営地に到着するのには二時間とかからない。ゲルマン人たちは、すべての点で不意を突かれた。ローマ軍の突然の出現。長老たちが不在なために、指揮をとる者も欠く状態。同行している女子供は泣き叫ぶ。驚きあわてるだけの宿営地に、前日の味方の犠牲で怒り狂っているローマ兵がなだれこんだ。ゲルマン人の宿営地は、ローマ人の堅固な濠(ほり)と柵(さく)で四辺を囲んだそれとちがって、荷物を運ぶ馬車でぐるりと周囲を囲んだ内部に天幕を張っただけのものにすぎない。勇敢に剣をとって抵抗した者も、味方の混乱で存分に闘うことすらできなかった。その状態でできることは、武器も軍旗も投げ出しての、四方八方への敗走しかない。逃げまどう人々はライン河を目指したが、その追撃にカエサルは、前日の恨みを最も感じている騎兵を送った。河を眼の前にして、多くのゲルマン人が殺された。ローマ軍には、わずかの負傷者を除けば、戦死者は一人も出なかった。

その日、捕われたゲルマン人はどのくらいであったかをカエサルは書いていないから、総数四十三万人であったというゲルマンの二部族は殺されるか、逃げのびたかであったのだろう。カエサルも戦闘とは書かず殺戮(さつりく)と書いたゲルマン二部族との対決だったが、十万は確実だった敵軍と戦闘を交えずに目的を果したということならば大成功だった。

しかし、外交使節の身分保障こそ文明人の守るべきこと、としてきたカエサルの従来の方針には矛盾するではないかという問題は残る。実際、この殺戮による勝利を知ったローマの元老院では、小カトーが、交渉続行中に敵を不意打ちしたことはマナー違反であると糾弾し、カエサルをゲルマン側に引き渡すべきだと提案している。だが、その年の執政官であったポンペイウスをはじめとする首脳陣は、同意見ではなかったようである。講和の交渉は、敵騎兵による味方の七十五騎殺害をもって終わった、としたのだ。カエサルも、その翌日の長老たちの謝罪のための訪問を、「われわれにとっては幸運なことに」と記している。それにしても、交渉決裂を告げての攻撃ではなかったのだが。

だが、文明人のマナーに違反したか否(いな)かの是非を越えて、この種の問題は、政治的にしろ軍事的にしろ、当事者にすれば選択は簡単ではないように思える。それこそ休戦中と信じたがために不意を突かれて殺されたローマ軍の七十五騎は、実際はローマ市民の騎兵ではなく、ローマの覇権を認めて同盟を結んだガリアの部族からの参加兵たちであった。しかし、ローマ軍に参加するかぎり、カエサルの指揮下に属すローマ市民の兵士と同等視される。ゆえに、部下を七十五騎も殺されながら、実りがあるかないかでさえ不明の交渉を延々とつづけていくことは、総司令官のカエサルには、軍勢をまとめていくうえでも許されないことであったのだ。また、ゲルマンに友朋(ゆうほう)を殺されたことをローマ人のカエサルは放置したとなれば、彼に兵士を提供しているガリアの諸部族の心情にも、影響を及ぼさずにはおかない。カエサルは、ゲルマン人だけを視界に入れて、ゲルマン人と戦争をしていたのではない。常に背後のガリア人も視界に入れながら、ゲルマン人と戦いをしていたのである。

それにしても、カエサルは、紀元前五八年につづいてこの紀元前五五年と、二度にわたってゲルマン相手に大勝したことになる。ガリア人がほとんど負けてばかりいたゲルマン人だったから、ローマ人による二度の大勝が、ガリア人に与えた影響は大きかったであろう。そして、カエサルは、プロパガンダの重要性を、当時では他の誰よりも理解していた男だった。なぜなら、「人間とは噂の奴隷であり、しかもそれを、自分で望ましいと思う色をつけた形で信じてしまう」からである。

ゲルマン人の殺戮を終えて陣営地に引きあげてきたカエサルは、拘留されていた長老たちの釈放を命じた。だが、自分たちの部族の運命を知った彼らは、ここで釈放されてもそれまで略奪の対象にしてきた周辺のガリア人に報復されるのを怖れ、カエサルの許に置いてくれるよう願った。カエサルは、彼らの自由にすることを許した。そして、休む間もなく、ライン渡河の計画の実施に移る。ローマ軍にとってはもちろんのこと、ローマ人としてもはじめてのことであった。

愉快なのは、舟や筏を用いての渡河は、カエサル自身にとってもローマにとっても、安全でないと同時に名誉な方法ではない、と彼が書いていることである。このやり方でローヌ河を渡ったカルタゴ人ハンニバルのまねをしたくなかったのか、それとも、ゲルマン民族がラインを渡ってガリアに侵攻してくるときが、常に小舟と筏を使ってであったので、野蛮なる民のやり方など踏襲できない、と思ったのかはわからない。それに何よりも、ゲルマンとガリアの双方を視野に入れての、その中間にあるライン河を使ってなされるプロパガンダである。センセーショナルなやり方でなされてこそ、効果も大になるというものだ。そして、未開の民にセンセーショナルな効果をもたらすのは、ローマ人のもつ技術力であった。

ライン渡河

カエサルは、それまでは誰一人考えなかった、河幅が広く流れも早いこの大河に橋をかけ、それを渡ってゲルマン側に進攻することを考える。この名誉ある渡河方法を現実化する橋の構造と建造法を述べる彼の筆は、まるで現場監督にでもなったかのように生き生きしていて、記述も詳細をきわめる。この記述をもとにして、後世数多の模型がつくられた。この、ライン河最初の橋の建造地点は、現ドイツのボンとケルンの中間のどこかであったとされている。

「橋の建設作業は、次の順序で行われた。四十五センチの太さの先端を尖らせた木材を二本ずつ、河の深さに応じた長さに準備し、それを六十センチの間隔をもたせて互いに固く縛りつける。この二本組みの杭を、滑車を使って河に沈め、打ちこみ機を使って河底に固定する。ただし、常の場合のような直下に打ちこむのではなく、水の抵抗力をそぐために、屋根のように勾配をもたせて打ちこむ方法を採用した。この一組二本の杭と平行して、十二メートルの距離を置いた向い側に、同じ方法でもう一組二本の杭を打ちこむ。この二組の杭の間に、太さ六十センチの橋桁を渡し、その先端はそれぞれ、留め金によって二本の杭の間に固定される。このようにしてできた橋脚は、使用材料が木材であることからも、水をふくめばふくむほど締まり、建造法の頑丈さからも水流の圧力に充分に耐えた。

橋脚が次々と打ちこまれ、その上には横木が渡され、柴を積み重ねて床が張られる。これ以外にも橋脚のたもとには木材の柵も打ちこまれたから、水流の圧力をやわらげると同時に、敵が丸木や舟を流して橋を破壊しようとした場合でも、橋をそれから守

カエサルが造らせたライン河の橋（建設中の想像図）

る役割を果した」

資材の到着から十日後に、ライン河最初の橋は完成した。カエサルは、橋の両岸に充分な警備隊を置いて、軍を率いてラインを渡った。

なぜカエサルは、この地に橋をかけたのか、という疑問は自然に浮んでくる。彼が書いていないから推測するしかないが、私には次の三つの理由によったのではないかと思われる。

一、ラインを渡ってガリアに侵入したゲルマンの二部族を殺戮した地点から近く、その余勢を駆っての渡河に適していたこと。

二、この一帯まで来るとアルプスに

水源を発するラインも平野を流れるように変わり、対岸のゲルマン側も広く見渡せるようになるため、渡河直後の敵の急襲の危険性も薄れる理由。

三、ゲルマンの二部族の生存者が逃げこんだ先の、シカンブリ族の地に近いこと。

これより一世紀後の帝政時代になると、ライン河こそローマの防衛線と考えたカエサルの教えに忠実に、この一帯のライン西岸にはローマの軍事基地が数珠（じゅず）つなぎのように建設されていく。ラテン語のボンナを語源とするボン、コローニアをドイツ風に発音したケルンをはじめとして。余談だが、第二次世界大戦後の西ドイツの首都をボンに置いたのは、ベルリンが東ドイツ内に入ってしまったからにしても、ヒットラーとは訣別（けつべつ）したい戦後のドイツ人の心の中に、ライン河の西方に属したいという願望がひそんでいたからではないかとさえ思う。ウィンストン・チャーチルは、ヒットラーに率いられるドイツ人を糾弾する際、まるでラインを防衛線とした古代のローマ人にでもなったかのように、ラインの向うの非文明の民、と言うのが常だった。

話を二千年の昔にもどすが、カエサルはこの二年後に、もう一度ライン渡河を決行する。そのときの渡河地点も、ボンとケルンの中間のどこかであった。第一回目よりも少し上流の、ボンにより近い地点であったとされている。この一帯の地勢を充分に知ったうえでの、渡河地点の選択であったことを示している。

いずれにしても、ゲルマン人が見たこともない本格的な橋をライン河にかけるという、ローマの技術力を駆使してのデモンストレーションは成功したのである。ゲルマン人は建設中の妨害さえもせず、森の中に逃げこんで出てこなかった。ラインの東に進攻したローマ軍は、まず、シカンブリ族の地に向う。もうこの時点ですでに、ゲルマンの部族の多くはカエサルに使者を送り、友好と平和を求めてきた。カエサルは、その前提としての人質の提供を要求する。逃げたシカンブリ族の地には、村落を焼き払うに要した数日しか滞在しなかった。そして、訪れたウビィ族の長老には、スヴェヴィ族が攻撃して来ようものならローマ軍が助けるとした誓約を与える。カエサルは、ラインの東に住むゲルマン民族に対しても、その分離を謀ったのであった。

ウビィ族からの情報では、ゲルマン民族中最強のスヴェヴィ族は、カエサルのライン渡河を知って、シュヴァルツヴァルトの森の奥深く後退してそこで待ちかまえているという。カエサルは、渡河の目的はかなりな程度に達成できたとして、ガリアにもどることに決めた。橋は、渡った後で破壊させた。

ドーヴァー海峡

橋をかけてのローマ軍初のゲルマンの地への進攻というデモンストレーション的行為の余波か、その年のカエサルは、夏も終わり近くなっているというのに、もう一つのセンセーショナルな進攻を試みる。ドーヴァー海峡を越えての、ブリタニア進攻である。これもまた、ローマ人では最初の冒険になった。

カエサルは、ブリタニア進攻の理由を、ガリアでの戦闘には常に、ブリタニアからの支援があったから、としている。ゆえに、支援を断ち切る必要があったというのだ。しかし、カエサルは、ドーヴァー海峡をはさんで住むブリタニア人を、ラインの東のゲルマン人と同列に見てはいなかった。ライン渡河はゲルマン人とガリア人に対するデモンストレーションだったが、ドーヴァー海峡を渡ってのイギリス進攻は、ブリタニアをローマの覇権下に組み入れる考えではじめたのである。その年も後半に入っての決行を、カエサルは次のように書いている。「本格的な進攻には季節が充分でないが、島（カエサルはすでにイギリスが島であることを知っていた）に上陸だけはし、住人の性向や地勢や寄港地などの、ガリア人さえよく知らない事柄の調査をするのには役立つと判断した」

カエサルは情報源に商人を活用したが、売り買いできるものがあればどこにでも出向く商人たちでさえ、ブリタニアに関しては、ガリアに面しているカンティウム（現ケント）地方しか知らず、それ以外のブリタニアの、島全体の広さも住民の性向も人口数も、彼らの戦闘法も彼らの統治のしかたも、大型船でも着岸可能な地はどこかも、まったく知らなかったからである。紀元前一世紀のイギリスは、商人も通わない遠隔の地であったのだ。自分で実地踏査するしかなかった。

しかし、二度も大勝したゲルマンが相手のライン渡河とちがい、ブリタニア人とはカエサルは、直接には剣を交わしていない。勝利の実績が、敵の行動のブレーキになることは期待できない地への進攻である。それで、暗中模索の冒険行をしないですむようにと、部下の一人でこのような任務には向いているヴォルセヌスに、斥候の役目を与えて送り出した。カエサルのほうは、この斥候の帰りを待つ間を利用して、モリニ族の地である、現フランスの最北部に軍を進める。この地が、海峡を越えてブリタニアに上陸するには、最短距離になると見たからだ。後にドーヴァー海峡と呼ばれることになるこの海峡越えは、船でするしかなかった。もしも当時のローマ人に海底を通るトンネルの技術があったならば、カエサルのブリタニアに対する意図からして、彼ならば躊躇なく海底トンネルでも掘らせていただろう。ブリタニア進攻は、ライン渡河とはちがってデモンストレーションではなかったからである。斥候に出しておいたヴォルセヌスは、船上からの観察ゆえ、必要最小限にしても、当座は役に立つ情報だけはもって五日後にもどってきた。カエサルの許には、上陸作戦に必要な船も集まりはじめていた。

ブリタニア進攻を控えて船団の準備が整うのを待っている間にも、進攻を伝え聞いたブリタニアの諸部族が、カエサルの許に使節を送ってきた。ローマの覇権を認め、その証しとして人質を提供すると伝えるためである。カエサルはそれらを受け容れ、その答えをもった使節がブリタニアに帰る際、二年前に人物を信頼して部族の長にしていたガリア人のコミウスを同行させた。コミウスの任務は、カエサルの進攻も間近いことを告げ、できるかぎり多くの部族をローマ側に引き寄せることである。さらに好都合なことには、ブリタニアへの出港地一帯に住むモリニ族の多くが、カエサルへの恭順を誓ってきたことだった。これで、ドーヴァー越えも、背後の心配もなく決行できることになった。

　ブリタニアへの第一回の遠征は、次の規模で準備された。連れていく軍勢は、第七と第十の二個軍団に騎兵。その輸送には、まず二個軍団の輸送に充分と思われる八十隻（せき）の輸送船。そして、風に邪魔されて十二キロ離れた港に入るしかなかった残り十八隻の輸送船には、騎兵団を分乗させることにした。この他には、幾隻かの軍船が加わる。ガリア戦役のはじめからカエサルの指揮下で闘ってきたベテラン兵にしても、二個軍団一万というのでは、本格的な遠征ではなく調査行であるとしたカエサルの言も、はじめからそのつもりであったと思うしかない。八個軍団のうち六個軍団を、彼はガリアに残したのだ。残す必要もあった。渡ったきり帰れなくなるのを防ぐために、六個軍団は必要とされた地に分けて送られる。軍団長ルフス率いる半ばは、出港地周辺の守りに。軍団長サビヌスと同僚のコッタが率いる残り半分には、現ベルギーの海側に住む、モリニ族の一部とメナピ族を押さえつけておく任務が与えられた。大洋に慣れた彼らに、ドーヴァー渡峡中の妨害を断念させるためであった。

　カエサルがどこから出発したのかだが、彼自身は明記していない。それでもおそらく、モリニ族が使っていた港で、ガリア（ケルト）語では内側の港を意味するイティウス港であったろうとは、古代からの推測である。それならば、これまた絶対確かとは言えないのだが、現フランスのブローニュ・スルメールではなかったか。ダンケルクではもちろんなく、距離的には最短距離にあたるカレーでもなかったようである。ローマ人の地勢への確かな眼をもって選んだ地に開いた港から出港したのではなく、ガリア人の使っていた、つまりは出来あいの港を利用したにすぎなかったからだろう。

この港から、順風を待って真夜中すぎに出港した。騎兵団を乗せた船団にも、後につづくよう命ずる。そして、翌日の午前十時、最初のローマ船がブリタニアの海岸に達した。ウィンストン・チャーチルが、大英帝国の歴史はこのときよりはじまる、とした紀元前五五年八月二十六日である。だが、大英帝国の歴史のはじまりにしては、何とも威厳に欠ける第一歩ではあったのだが。

どうやらだいぶ北に流されての到着であったようで、到着地点も、予定地とは似ても似つかぬ海岸に着いてしまったのであるらしい。狭い海岸の背後は高く切り立った崖（がけ）がそびえ立ち、その上には一面に、武装したブリタニア人が待ちかまえていた。彼らが投げる槍も射る矢も、そのまま海岸に立つ人間に命中するほどに、崖の傾斜は急であったのだ。カエサル自身はどこに着いたのか書いていないのでこれまた推測するしかないが、かの有名なドーヴァーの白い崖の下にでも着いてしまったのではないかと思う。いずれにしても、カエサルは、この地は上陸地点には適していないと見るしかなかった。それで、上陸はやめて海上で、後続の船団の到着を午後の三時まで待つ。待つ間に彼は、軍団長や大隊長たちを召集し、調査行の経験のあるヴォルセヌスも加えて作戦会議を開いた。会議の主題は、予想以上に激しく変わりやすいことがわかった潮流を頭に入れ、戦略を立てることである。そして、総司令官のカエサルが配下の将たちに念を押したのは、陸海問わずいかなる状況下でも、すべてのことは命令と同時に、正確かつ敏速に実行されなければならないという一事だった。

午後の三時近くになると、風も潮の流れも航行に適するように変わったので、到着していた後続の船団もともに再び出発した。十一キロほど行った地点に、平野につづく海岸があるのを調べていたので、その前の海に錨(いかり)を降ろす。だが、この地にも、崖の迫る海岸とはちがう不利が待ちかまえていた。

カエサルが蛮族と書く、チャーチルの祖先でもあるブリタニア人は陸上から、海上を行くローマ軍の後をつけていたのにちがいない。上陸しようとしていたローマ兵に対し、平野であるがゆえに駆使も可能な騎兵と二頭立ての戦車で襲ってきたからである。ローマ軍は、次の諸点で非常な困難に直面することになった。

一、兵士を乗せている輸送船の船底が深く、海岸から相当に離れた海上に停泊するしかなかったこと。

二、指揮官も兵士も、充分な地勢上の知識のない土地での上陸作戦を決行する羽目になったこと。

三、重い武器で両手の自由を奪われた状態で、海中にとび込み海岸に近づかねばならなかったこと。

四、それに対してブリタニア兵は、波打ちぎわから海中にまで攻め入る積極戦法で、ローマ兵の上陸を妨害したこと。

要するに、地上戦ならば無敵のカエサル配下の軍団兵も、勝手ちがった戦場ではいつもの勇猛さも鋭敏さも発揮できず、立ちすくんでしまったのである。これを見たカエサルは、一計を案じた。

輸送船とともに錨を降ろしていた軍船を、戦線に投入することにしたのだ。軍船は、帆船である輸送船とちがい、櫂(かい)で動くから自由が効く。それに、船底も浅いので海岸により近く接近できる。カエサルはこれらのガレー船に、投石器や石弓器を積みこませ、海岸線に平行になるように漕(こ)がせながら、その船上から敵を攻撃させたのである。この戦法には、小型の伝令用の舟まで、櫂を用いるガレー船型の船はすべて動員された。これは、なかなかの効果をもたらした。ブリタニア人には、ガレー船も兵器もはじめて見るものであったからだ。驚いた彼らは後退した。

それでもローマの兵士たちは、海に飛び込んでの前進をためらっていた。それを見た第十軍団の軍団旗手は、船上に仁王立ちになり、両手をかかげて神々に、自分の決意が軍団に幸いあれと祈った後で、大声で叫んだ。「飛び込むのだ、戦友たちよ、もしもこの鷲旗を敵の手に渡したくなければ。少なくともおれは、国家と総司令官への責務を果す」

こう言った直後に旗手は海に飛びこみ、軍団旗をかかげながら泳ぎはじめた。同じ船に乗っていた兵士たちがまず、彼の後につづく。それを見た他の船の兵士たちも、次々と海に飛びこんでいった。

海岸線をはさんでの、激闘がはじまった。ローマ兵は、隊列を組むことも足場を確保することも、自分の隊旗のもとに集まって闘うことも不可能な状態で善戦した。誰もが最寄りの隊旗のもとに集まり、最寄りの船を盾にして闘った。しかし、ブリタニア人は、どの辺りまでが浅瀬であるかを知っている。それを知らないローマ兵が迷うのを見るや、そこに適確に駆けつけては攻撃した。味方の苦戦を見たカエサルは、またも一計を案じた。これまでは兵器を乗せていたガレー型の船すべてに、兵士を乗せたのである。これではじめて、櫂を使って浅瀬に乗りあげた船から兵士たちが海岸に飛び降りるという、現代でも用いられている式の上陸作戦が展開されることになった。陸地に足が着けば、闘いはローマ兵のものである。たちまち隊が組まれ、指揮系統も明確な形での攻撃が開始された。ブリタニア人は、逃走するしかなかった。だが、この好機は活用されずに終わる。追撃にはなくてはならない騎兵団を乗せた船団が、まだ到着していなかったからである。

それでも、いったんは逃げたブリタニア人は、カエサルの許に講和を求める使者を送ってきた。人質も出すし、命令にも服するという。使者とともに、カエサルが事前工作のために派遣してあったガリアの部族長コミウスももどってきた。ブリタニアには着いたものの外交交渉どころではなく、捕われの身になっていたのが釈放されたからだった。

使節であっても簡単に捕えてしまうブリタニア人からの講和の求めには、慎重に対処する必要があったにかかわらず、カエサルは講和の申し出を簡単に受ける。簡単に受け容れたのには理由があった。騎兵を乗せていた十六隻が、ブリタニアの海岸を目前にしながら嵐（あらし）に出遭ったり、潮流に乗ってしまって南西に流されたりしたあげくに、結局は大陸にもどっていたからである。カエサルは、騎兵なしの二個軍団一万で、進攻地に取り残されたことになる。上陸後四日にして起こった、不測の事態であった。

ところが、不運はこれで終わりではなかった。その夜は満月だったが、大洋では満月の夜、潮の満ち干の差が最大になるのだということを、ローマ人は知らなかったのである。カエサルが、浜辺にあげておくよう命じたガレー船は、急激に満ちてきた海水にさらわれて沖に流され、沖合に錨を降ろしていた輸送船団も、激しい風とのたうつ海にもてあそばれ、手のくだしようもない有様。その結果、多くの船が破壊され、他の船も、錨を引きちぎられたりロープを流されたりして、航行もできないような状態になった。

この状態では当然だが、兵士たちはすっかり意気消沈してしまう。帰るための船はない。修繕しようにも、そのための工具も海中に消えている。そのうえ、冬営はガリアにもどってするつもりであったので、兵糧（ひょうろう）の貯（たくわ）えも少なく、その補充の手段も考えていなかった。まして、騎兵もなしで、騎馬や戦車での攻撃を得意とするブリタニア人の地にいる。そして、いち早くローマ軍の現状を知ったブリタニアの各部族は、恭順の誓約など反古（ほご）にする気になり、ローマ軍が二度とブリタニア進攻など考えもしなくなるように、ここで総力をあげて撃退することで一致していた。

この危機を脱するのに、カエサルは、大陸（ガリア）から支援部隊を呼び寄せるよりも、自力で脱出する策をとる。孤立した状態の人間にとっては、何もしないで待つことのほうが苦痛であるからだ。大陸には、船の修理に必要な工具のみを、快速のガレー船を送って調達させるだけにした。

まず、身を守る問題があったが、ローマ人はどこでもいつでも、たとえ一夜の宿営でも、方形の堅固な陣営地を築くのを習いとしている。しかも、マニュアル好きのローマ人だけに、陣営地の守りも厳密にマニュアル化してある。四角形の一辺ごとに開いている四つの門は、戦時ならば、それぞれを一個大隊（定員ならば六百兵）が守りにつくのが決まりだった。防衛面は、心配する必要はないと見てよい。

次いでは食糧の確保だが、ローマ軍は一ヵ月分くらいは常に携帯するから、すぐにもこと欠く状態にはない。だが、カエサルは、時間と人の余裕さえあれば必ず、兵士たちを調達に行かせた。食物が充分であるだけでも、平常心を保てるのが人間であるからだ。そして、工具が到着するやいなや、船の修理にとりかかった。ただし、修理用の資材を新しく準備する時間的余裕はない。それで、破損のいちじるしい船は犠牲にすることにし、その船で使用に耐えるものは他の船の修復用にまわすことに決めた。こうして、八十隻中十二隻を犠牲にしただけで、残りの六十八隻は航行可能な状態にもどすことができたのである。

この作業がまだ完了しない前に、ブリタニア人はローマ軍を攻撃してきた。陣営地を攻撃したのではなく、兵糧調達に出向いていた第七軍団を襲ったのである。知らせを受けるやカエサルは、陣営地の守りには各門半大隊ごとの二個大隊のみを残すよう命じ、自身は四個大隊を率いてただちに出発した。残りの四個大隊にも、武装が整いしだい続くよう命ずる。ローマ兵たちが小麦の刈り入れをしていた地に着いてみると、第七軍団の兵士たちは中央部に固まり、その周囲をブリタニアの騎兵と戦車が包囲しているのが見えた。

ブリタニア人の戦車による戦法は、オリエントやギリシアのそれとはちがう。はじめにまず、二頭立ての戦車で縦横に駆けまわる。車輪が立てるけたたましい音と投げてこられる石で、攻められる側はそれだけで混乱する。そして、戦車が敵兵の列に突っこんでからは、戦士は戦車から降りて歩兵として闘い、御者は戦車を後方にもどしてそこで待つ。戦闘で不利になった場合でも、戦士がただちに逃げてこられるようにと考えてである。この戦法は、騎兵の機動力と歩兵の持久力をともに発揮させることができる点において、なかなかに巧妙な戦法であった。

しかし、カエサルの敏速な到着と、彼に率いられていた第十軍団の勇猛果敢の前には、ブリタニアの戦車も対抗できなかった。ブリタニア兵たちは、戦車に駆け乗って逃げ去った。だが、騎兵団をもたないカエサルには、追撃もできない。また、陣営の守りには、二個大隊一千人を置いているだけである。全軍を率いて、陣営地にもどるしかなかった。

敵の再度の襲撃は充分に予想できたので、カエサルは、ガリアの部族長コミウスがブリタニアに来る際に連れてきていたガリア騎兵の三十騎を借りる。カエサルと幕僚用の馬を合わせても、六十騎にも足りない騎兵力だったが、それでも次からは、騎兵を戦線に出すことができるわけだった。

案の定、ブリタニア人は再び攻勢に出てきた。今度は、ローマ軍の陣営地への攻撃である。カエサルは、二個軍団のほとんどを投入して、陣営前に布陣して迎え撃つ。今度の戦闘は、はじめからローマ側に有利に展開した。敵は敗走し、ローマ兵も可能なかぎり追撃し、多くを殺し、穀物倉を焼き払った。

この戦闘の後、ブリタニア人たちは再び、講和を求める使者を送ってきた。カエサルは彼らに、前のときの倍の数の人質提供を命じ、それをガリアに送ってくるよう言い渡した。だが、これで、ブリタニアを発つ機会と発つ理由を、カエサルは手にしたことになる。本音は、天候の悪化する冬期に、ドーヴァー海峡を越えたくなかったからであったが。

風と潮流に合わせての真夜中すぎの出帆、とカエサルは書いているが、私には、ブリタニア人の邪魔が入らない時刻に、という理由もあったのではないかと思える。いずれにしても、帰途は平穏で、少し南に流され別の港に入るしかなかった二隻を除けば、全船無事にイティウス港に帰還することができた。

もどってきたガリアは、軍団長たちの充分な働きもあって、各部族とも平穏な状態に収まっていた。カエサルは、紀元前五五年から五四年にかけての冬営地を、彼がベルギー人の住む地方とした、セーヌ河北方のアミアンに定める。冬中のガリア全土への監視と、翌年の戦役双方を考えての選択であることは明らかだ。そして、アルプスを越えて属州に向けて発つ前に、冬営地を守る軍団長たちには、冬中に可能なかぎりの船を建造し、ブリタニア遠征に使った船も充分に修理しておくよう命じた。

実地踏査にしては波瀾(はらん)万丈でありすぎた一回目のブリタニア遠征だが、実地踏査ならば成功でも、遠征としてならば失敗したのである。ガリアに送れと命じておいた人質も、約束を守ったのは二部族にすぎなかったと、カエサル自ら正直に書いている。しかし、ライン河を越えてのゲルマン領内への進攻とか、ローマ人が聴いたこともなかったブリタニアへの遠征とかの、カエサルによって成されたその年の業績は、遠いローマにいる人々にとっては、充分にショッキングで興奮させる出来事であったのだ。庶民の熱狂を反映して、元老院も前例のない、二十日間もの神々への感謝祭を決定した。

しかし、紀元前五五年の戦闘季節の終わりと同時にカエサルは、一人の有能な武将を手離さざるをえなくなる。良家の子弟という縁故関係でカエサルの幕僚になっていながら、有能さでそれさえも忘れさせるほどカエサルが認めていた青年クラッススが、シリアの属州総督の任についた父に従って、オリエントへ行くことになったからであった。大国パルティアとの戦役が待つオリエント行だけに、総司令官の長男が従軍しないわけにはいかない。また、六十歳は迎えてはいても本格的な遠征ははじめてのクラッススにとっては、ガリアでの経験豊かな息子の参加は、他の誰にも換えがたい心強い頼りであったろう。

カエサルは、三十代も後半に入りつつあったこの若き武将に、配下の騎兵の中から一千騎を分け与えた。騎兵力には常に不足し、ガリア人の騎兵の育成に熱心であったカエサルを思えば、それに、カエサルのもつ騎兵戦力の総計が五千騎前後であったことを思えば、その中から一千騎を分け与えることの意味は大きい。遠くオリエントの地まで青年クラッススに従って行くガリア人の一千騎は、カエサルからの若き武将への贈物であると同時に、「三頭政治」の一頭であり、また若い頃から彼に金を貸してくれた人でもあったクラッススへの返礼でもあったのではないか。一千騎供与は、法律や採決で決められた義務ではなかったのだから。しかし、カエサルは、アルプスを越えるところまで同行した「青年クラッスス」とは、もう二度と会うことはなかったのであった。

二度と会えなくなった人には、母親のアウレリアもいた。母の死の知らせを、カエサルは多分、ブリタニアから帰って来て受けたようである。知らせを受けても、属州総督の任にある以上、たとえ一人息子であっても、ルビコン川を越えてローマにもどるわけにはいかなかった。カエサルは、息子のことを他の何よりも気遣い、再婚もせずに養育に専念し、成長して後は彼が後顧の愁(うれ)いなく自分の道が進めるようにはからい、政治上のことの相談相手にさえもなれた母親を失ったのである。ローマの多くの母子の関係よりも、カエサルと母の関係は親密だった。

彼が四十歳であった年、南スペインに属州総督として赴任した時期の話である。ある夜、母と交わる夢を見たカエサルは仰天し、合理主義者の彼にしては珍しく、占い師にこの夢の意味を解いてもらったことがあった。占い師が夢を解釈して言うには、いずれはカエサルが世界をわがものにする意味だという。それで彼も、ようやく安心したのだった。『ガリア戦記』は、母の死については一言もふれていない。だが、喜怒哀楽を露（あらわ）にすること多かったキケロとはちがって、カエサルは、そのような私情は表に出さない性質でもあった。

首都改造の第一歩

秋の終わりから春のはじめにかけての冬営期といっても、カエサルのように、南仏属州、北伊の属州、イリリア（現スロヴェニア）属州と三つもの属州の総督を兼ねている身では、一箇所に留まって休息をとるなど不可能というのが常になる。それでもカエサルが、一年の多くを留守にしながらも支障なく統治できたのは、彼のもつ組織力によった。属州では現地人を積極的に登用し、いまだ属州にはなっていない中部と北部のガリアでも、彼に恭順を誓い彼と同盟協約を結んだ部族の内政には、いっさい干渉しなかった。反対に首都ローマで彼の代わりをする人々には、これまた何のためらいもなく、属州出身の人材を登用している。首都での彼の代行人に属州出身者を登用した理由には、この人々がローマ市民権所有者でも属州出身であるために政界進出も限界があり、それゆえに私設秘書として使えるからでもあった。この私設秘書団の代表格がバルブスとオピウスの二人だが、紀元前五四年に入るやようやくラヴェンナの冬営地に落ちつくことのできたカエサルの許(もと)に、足繁(しげ)く通ったのもこの二人だった。

それは、この時期のカエサルが、ローマ最初の常設劇場とそれに付属する大回廊を建造したポンペイウスに刺激されてか、フォロ・ロマーノを拡大するという、都市改造計画にとりかかっていたからである。カエサルの属州総督の任期は、ポンペイウスとクラッススに準じて延長されたので、あと五年は首都にもどれない。不在の身でこのような大計画を実行に移すのだから、効率よく動く秘書団が必要だった。この時期のオピウスのラヴェンナ通いは、もっぱらこの計画に関してであったのだ。

ローマでの政治の中心はフォロ・ロマーノだが、その中に立つ神殿や会堂(バジリカ)は時代を経るごとに立派な造りに変わっても、フォロ・ロマーノ自体の規模は、この地をローマの中心と定めた五百年昔の第五代目の王タルクィニウスの時代と大差ない。これでは、「世界の首都(カプトゥ・ムンディ)」になりつつあるローマの中心としては、貧弱であるとともに機能も充分に果せなくなっていた。カエサルはそれを、北の方向に拡張しようと考えたのである。南はパラティーノの丘が横たわり、西はカピトリーノの丘がそびえ立つ地勢では、拡張できるのは北しかなかった。後にコロッセウムが建つことになる東は、勝利の凱旋(がいせん)将軍の入城路に当っており、フォロ・ロマーノでも比較的に重要度の薄い東半分の延長線に位置するところから、重要な残り半分の地域の延長であってこそ意味をもつ拡張区域には適していなかった。

だが、狙(ねら)いをつけたフォロ・ロマーノの北側とて、空き地であったわけではない。店や人家で埋まる一帯だった。カエサルが生まれ育った庶民地区スブッラは、この時期まではフォロ・ロマーノのすぐ近くにまで広がっていたからである。

カエサルは、拡張した部分には、神殿とそれに付属する回廊を建設するつもりでいた。ローマでは、神々の神所とされていたカピトリーノの丘の上の神殿を除けば、その他の神殿は神殿があっても、神々(こうごう)しい雰囲気に満ち人の往来もまれな静かな一角ではない。ほとんどの場合は商店街と隣り合わせで、人々の行き交う場所の延長であるのが普通だ。カエサルの考えていたのは、フォロ・ロマーノの拡張なのだから当り前だが、神殿を中心にしたビジネス街の建設だった。その証拠に、神殿を正面にした他の三辺をめぐる回廊は、商店で占められるとなっている。ヴェネツィアの聖(サン)マルコ広場と、同じ感じであったろう。しかし、あくまでも首都にふさわしい再開発事業を目指すのだから、スブッラ地区の商店のように、職住同居では困る。それで、用地買い取りという問題が生ずる。この辺の事情を、キケロは親友アッティクスへの手紙で次のように語っている。

「パウルスは、フォロ・ロマーノ内の会堂(バジリカ)の改修工事をほとんど終えた（この会堂は紀元前二世紀にエミリウス・パウルスが建造したものだが、それを子孫が改修した工事費も、カエサルが融資している）。カエサルは、やたらと大規模な工事を計画している。完成すれば、市民たちの驚嘆と彼自身の栄誉を稼ぐこと請け合いだ。それで、カエサルの友人たち、特にオピウス――きみは爆笑するだろうが――は、六千万セステルティウスもの大金を、用地買収に浪費している。フォロ・ロマーノからリベルタス回廊までの土地だが、そこの住人たちが安価では満足しなかったというわけだ」

パラティーノの丘の上の一等地に、ローマ最高の金持クラッススから購入した豪邸が三百五十万セステルティウスもしたというのが、キケロの自慢でありグチでもあったが、そのキケロにしてみれば、用地買収費だけに六千万もかけるとは、浪費としか思えなかったのであろう。そして、この手紙のつづきを読むと、カエサルがすでにこの頃から、もう一つの公共事業である「サエプタ・ユリア」と呼ばれる選挙会場に使うつもりの大回廊を、城壁の外のマルス広場に建てることも考えていたことがうかがわれる。カルタゴとのポエニ戦役に勝ち抜いたローマに訪れた紀元前二世紀前半の公共事業ラッシュが、紀元前一世紀半ばのローマにも訪れつつあったのだ。そして、この面での主人公も、ポンペイウスとカエサルの二人であった。

もともとが富裕の生まれであるのに加え、オリエントという豊かな地方の征服者であるポンペイウスならば、大規模な公共事業をささえた財源は誰にでも想像がつく。だが、カエサルの場合、金（かね）の出所はどこであったのか。

彼にとっては最大の債権者であったクラッススは、パルティア相手の戦勝を夢見て、執政官の任期もまだ切れていない紀元前五五年の秋に、ブリンディシから海路シリアに出発していた。クラッススへの借金の返済は、終わるどころではなくまだ相当額残っていたらしいが、これ以上借りるのは無理になっていたことは確かだ。クラッススは、ローマ最高の武将の名声に輝いていたポンペイウスに対してはもちろんのこと、それに迫りつつあったカエサルに対抗するのにも、「三頭」の一頭としてはぜひともここで輝かしい戦果をあげねばならないとあせっていた。オリエント遠征は、六十歳のクラッススにとっては最後のチャンスであり、この最後のチャンスに彼は、私財まで投げうって挑戦しつつあったのだ。このクラッススはもはや頼りにできないとなれば、カエサルにとっては、大型借金の道は閉ざされてしまったということになる。これまでは、クラッススが貸すか、それともクラッススが保証人になって、他の人々が貸すかであったのだから。

ならばカエサルは、スッラやルクルスがやったように被征服民から強奪したのか。スッラは後で弁償したが、ルクルスはしなかった。だが、カエサルが制覇しつつあったガリアは、スッラやルクルスの制覇したギリシアや中近東ではない。地中海世界の各地から信者を集め、それゆえに財宝豊かなデルフォイやエピダウロスのような神所など存在しない後発地帯のガリアである。部族の有力者くらいは黄金製品をもっていても、住人のほとんどは、東方の人々とは比較にならない経済力しかもっていなかった。このガリア全体に、ガリア戦役終了後にカエサルが課した税金は、年にして四千万セステルティウスである。フォロ・ロマーノ拡張工事の用地買収費の三分の二にすぎない。当時のガリアが、吸いあげるにしてもタカがしれた地方であったことを証明している。また、敗者が息もできないほどの重税を課すなど、この地方を国家ローマに組み入れようと考えているカエサルにとっては、愚策以外の何ものでもなかったであろう。

ガリアから吸いあげるのが無理ならば、戦闘で得た捕虜を奴隷に売った金（かね）をあてたのか。だが、カエサルが奴隷として売り払った敗者は、彼との誓約を破って再び戦いを挑んできた人々のみである。プルタルコスは、ガリア戦役を通じて奴隷にした者百万、と書いているが、これはどう調べても非現実的な数であることでは研究者間でも一致している。戦役の半ばが終了した紀元前五五年の時点では、十万というのが妥当なところであったろう。それらの人々を、当時の奴隷の値の平均値である二百セステルティウスで売ったとしても、三十万人売り払わないと、用地買収費にも達しない。これでは、奴隷が財源であったとも言いがたいのである。

ならばカエサルは、どこで財源を確保したのか。注目しなければならないのは、ガリアへ発つ以前の彼は借金漬けであったのに、ガリア戦役が進むにつれて、なぜか知らないがふところ具合がよくなっている史実である。強奪も無理、税で吸いあげるのも限界があり、奴隷を売っても用地買収費にも足りないのがガリアの現実なのに、そのガリアを基盤とするしかないカエサルの経済状態が、眼に見えて改善されたのはなぜなのか。

このような卑俗な問題は学問にはふさわしくないと思ってか、研究者たちはとりあげてくれないので、古代ローマの時代に書かれた書物から拾い出し、それらをもとにして推理するしかないのだが、私には、彼が、ガリアでの利権をビジネス化したのではないかと思う。これは、私一人の推理ではなく、旧東ドイツの劇作家で『三文オペラ』の作者として有名なブレヒトが、『カエサル氏のビジネス』(Die Geschäfte des Herrn Julius Caesar) 中で展開している仮説でもある。

カエサルは、ライン河を境にして西に広がるガリア全土を、ローマ化しようと考えていた。ローマ化することが、国家ローマにとっての最善の安全保障であると考えていた。彼自身の言葉では、「文明化」である。そして、彼自らは最高の知性の持主であったにかかわらず、いやそれだからこそかえって、民族の文明化とは、キケロの見事な散文やカトゥルスの情感したたる韻文によるよりも、経済によることを知っていた。それがためにカエサルは、ガリアとの通商を積極的に奨励したのである。

経済人とは、古今東西の別なく、新市場の開拓には敏感である。イタリア半島に住むローマ商人たちが、その大部分はローマ市民権をもつ南伊のギリシア人だったが、その彼らが大挙してアルプスを越え、北に向ったのだった。カエサルは、軍事的に制覇したガリアを、ローマの商人たちに開放したのである。ただし、自分が苦労して制覇したガリアの地での通商利権は、彼らに売ったのだった。期日を限っての、契約関係であったかもしれない。カエサルの経済状態の改善が、一時的なものでないところから、年ごとの契約による恒常的収入をもくろんでの、方策である可能性が強い。

ところが、利権というものは、いったん手離せば、それを手にした人の自由放縦にゆだねられてしまう危険がある。これにブレーキをかけるのは、政治の役目である。カエサルは、このことも忘れていない。ガリアの完全制圧が成るやいなや、詳細な統治システムをつくり税制まで定めて、利潤の追求の自由放縦にはブレーキをかけたのだった。とはいえ、俗な言い方をするならば、ピンハネはやめなかったのである。

この私の推理の根拠は、二つある。

一、クラッススを頼れなくなったにかかわらず、クラッスス自身がこの一年後に死んでしまうからだが、それにもかかわらずカエサルの経済状態が、ちょうどこの時期から恒常的に改善されたこと。改善というよりも、端的に言えば、借りることしか知らなかったカエサルが人に貸すほど金まわりがよくなったのである。

二、これより五年後にはじまる内乱で、南仏のマルセーユはポンペイウス側につきカエサルに刃向うが、その原因は、伝統的にマルセーユの商人が独占してきた中・北部ガリアとの通商が、ガリア戦役を機に、ローマ商人に取って代わられたことへの恨みに発していた史実である。

いずれにしても、強奪もせず重税も課さずに金持になる道を、カエサルは開発したというわけだった。ちなみに、研究者そこのけの史料調査を基にして書かれた小説の著者ブレヒトだが、『カエサル氏のビジネス』は、紀元前六〇年のカエサルの執政官選出で終わっている。ブレヒトが、この先も、つまりガリア戦役中のカエサルにまで筆を進める気持があったか否かはわからない。共産主義者にしては実に批判精神の豊かなこの作家は、『カエサル氏のビジネス』を書いたと同じ年に亡くなったからである。このブレヒトは、カエサルと金の関係を、債権者としてカエサルと付き合いはじめたのにいつのまにやらカエサルの秘書のようになってしまった主人公の口を通じて、次のように総括したのだった。

「あの人が、カネの問題で訪れた連中相手にどう対するかを眼にするたびに、わたしの胸の内は敬意でいっぱいになるのだった。それは、あの人がカネというものに対してもっていた、絶対的な優越感によるのだと思う。

あの人は、カネに飢えていたのではない。他人のカネを、自分のカネにしてしまうつもりもなかった。ただ単に、他人のカネと自分のカネを区別しなかっただけなのだ。あの人の振舞いは、誰もがあの人を支援するために生まれてきたのだという前提から出発していた。わたしはしばしば、カネに対するあの人の超然とした態度が、債権者たちを不安にするよりも、彼らにさえ伝染する様を見て驚嘆したものだ。そういうときのあの人は、かの有名な、カエサルの泰然自若、そのものだった」

ガリア戦役五年目

紀元前54年
カエサル、46歳

紀元前五四年の春、アルプスを越えて軍団の冬営地アミアンに入ったカエサルは、越冬中に配下の兵たちが、彼が前年の冬に命じたことをすべてやりとげているのを見て満足した。ブリタニア遠征用の輸送船も、上陸作戦と気象の変化を考えて船高を低く造るよう命じてあったのだが、これも完璧に遂行されていた。輸送船の数、六百隻。それに、櫂で動くゆえにより自由の効く、ガレー型軍船二十八隻が加わる。総司令官は兵士たちを集め、資材の調達も困難な地でよくやったと賞めた。兵士たちの士気は、これで一段と高まった。カエサルは、準備した全船を、前回の出港地と同じイティウス港に集めるよう命ずる。イティウス港からならば、約三十ローマ・マイル（約四十五キロ）の航行でブリタニアに達せるというのが、彼の計算だった。この計算は、現代でも正しい。航行に要する時間も、七、八時間と見たようである。

しかし、カエサル自身は、出港地に向う前に済ませておかねばならない課題があった。ライン河近くに住む、トレヴェリ族である。この部族は、毎年一度開かれるガリア全土の部族長会議にも顔を見せなくなり、ためにローマに恭順を誓うこともせず、それどころかラインの向う側のゲルマン人に、ラインを渡っての共闘を呼びかけているという情報さえ入っていたのである。二階に上がった後に梯子をはずされるような事態になるのを避けるため、ブリタニアへ向う前に、トレヴェリ族の動きを封じておく必要があった。

トレヴェリ族とは、騎兵力ではガリア中最強といわれ、歩兵戦力でもあなどりがたい力をもつ部族として知られていた。カエサル軍とは、これまでに一度も剣を交わしていない。この部族は、しかしあくまでもガリア人で、多くの小部族に分れていたが、それらを統合する重要人物は、チンジェトリクスとインドゥティオマルスの二人だった。カエサルの接近を知ったチンジェトリクスは、配下の小部族も合わせての恭順を早々にカエサルに伝えてくる。これを知ったインドゥティオマルスのほうも、彼のほうが対ローマでは強硬派だったのだが、孤立を怖れて恭順を誓ってきた。

カエサルは、この申し出に全幅の信頼を置いたわけではないが、トレヴェリ族の動きを封ずるのが当面の目標だ。講和の申し出を受けたのである。ただし、その保証としての人質の提供は二百人という、人口比からすれば他の部族より多い数を要求した。人質を出させての講和を結んだカエサルは、トレヴェリ族対策はここまでとし、率いていた四個軍団と騎兵八百とともにイティウス港に向う。イティウス港には、風に邪魔されて集結に間に合わなかった五十隻を除いた、五百五十隻の輸送船と二十八隻のガレー型軍船の集結が終わっていた。

カエサルは、二度目のブリタニア遠征に、前年が二個軍団に騎兵なしであったのに対し、五個軍団と二千騎を従えていくことに決めていた。騎兵二千の大部分は、ガリアの諸部族からの参加兵である。これは、騎兵がぜひとも必要だからという理由に加え、ガリアの支配階級で構成される彼らをブリタニアに連れて行くことで、実質上の人質を取ることにもつながっていた。カエサルがブリタニアに行っている間のガリアの平穏は、彼にとっては不可欠であったからだ。

ところが、それを過大に感じとってしまった人に、ヘドゥイ族の有力者ドゥムノリクスがいた。彼はカエサルに、海が怖ろしいし宗教も禁じているからガリアに残してくれと頼む。カエサルの答えは、当然ながら否である。絶望したドゥムノリクスは、他の部族の騎士長たちを呼び集め、カエサルは自分たちをブリタニアに連れて行って殺すつもりだと言って扇動した。このことを知ったカエサルは、ヘドゥイ族のガリアでの重要さを考え、ドゥムノリクスの説得を試みる。ちょうど風は北西風で港に釘（くぎ）づけになっていたので、その間を説得に活用したのだ。ガリアの騎士長は納得したようだった。

二十五日間の風待ちの後、風は順風の南西風に変わる。カエサルは、全軍の乗船を命じた。だが、その乗船中の騒ぎのすきに、ドゥムノリクスは自分の部族の騎兵だけを連れて脱走したのである。これを知ったカエサルは、ただちに乗船を中止させ、脱走者の追跡を命じた。追跡に向うローマの騎兵には、帰営を拒絶したなら、ドゥムノリクスだけは殺せ、と命じてあった。ヘドゥイ族の騎士は、自分は自由な人間だ、と叫びながら死んだ。他の騎兵たちは、全員が帰営した。それを見て、乗船も再開された。

カエサルは、副将ラビエヌスに三個軍団と騎兵二千を与え、次の任務を託した。

一、出港地周辺の防衛。

二、ガリア全土の監視。何かあれば必要に応じて行動できる権限。

三、ブリタニアとの間の補給の確保。

カエサル自身は、前回に連れていった第七と第十の軍団を加えた五個軍団に騎兵二千を率い、夕暮時に出港した。風は、おだやかな南西風。前回にこりて、騎兵と歩兵は別々でなく、同じ船に混ざりあって乗船する。兵士を乗せて行く船は五百七十八隻だったが、その後に二百隻以上の私用船もついての出港だった。私用船とは、商人たちの乗りこんだ船である。

輸送船も、二度目の遠征では、上陸作戦や浜辺に引きあげるのに有利なようにと船高を低く造らせただけでなく、カエサルは、大洋で使われる帆だけで動く船でなく、帆に加えて櫂も使えるように、つまり地中海型の帆船に改良させていたのではないかと思う。なぜなら、櫂を使って漕がねばならなくなったときに、ガレー船が輸送船をロープで曳いたという記述がないからだ。それに、ロープで曳くのでは、輸送船五百五十隻に対しガレー型軍船二十八隻では、とてもやれたものではなかった。

それで、夕暮時に出港した遠征軍だが、しばらくは順調に航行できたのに、真夜中になって風が止まってしまったのである。おかげで、予定の航路がとれなくなった。潮流に流されるしかなくなった各船だが、明け方、ブリタニアの地が左舷に見える海上に達する。よく見ると、そこは前年の夏、上陸に適していると考えた地点だった。ここで、櫂の出番である。懸命にオールを漕ぐ兵士たちの努力は、重い輸送船でも細身のガレー軍船と同程度の速さで、接岸させることができたほどだった。正午近くには、すべての船の接岸が終わった。上陸地点は、第一次のときよりは南に下がった地点であったようである。

敵の姿は見えなかった。カエサルが後に捕虜から知ったことでは、ブリタニア人は、前年とは一変した膨大な数の船を眼にしてびっくりし、内陸部にひそんでいたのだった。

第二次ブリタニア遠征

ブリタニア上陸当初のカエサルの戦略は、相当に内陸部に入った地点に本格的な陣営地を築き、それを拠点にしての進攻にあったのではないかと思われる。だが、この戦略は、ほとんどすぐさま変更を迫られた。ブリタニア遠征でのカエサルの真の敵は、ブリタニア人よりも、地中海とはまったくちがう北の海と気象だったからである。

妨害もなく上陸を果したカエサルは、すべての船はロープでつなぎ、ゆるやかな勾配で海につづく浜に引きあげておくよう命じ、十個大隊六千の歩兵に三百の騎兵をその防衛に配し、残りの全軍を率いて内陸部に分け入った。

十八キロほど進んだところで、森に背後を守られた川べりで待ちかまえる敵の大軍と出会した。攻撃してくる敵にカエサルの兵も果敢に応じ、ブリタニア人との闘いには経験ある第七軍団が先頭に立っての積極戦法で、カエサル軍は敵を敗走させるのに成功する。戦死者は一人もなし、負傷者もわずかだったが、カエサルはこれ以上の追撃は許さなかった。よく知らない敵地での、勢いに駆られての深追いは危険だった。

翌日早くさらなる進攻が開始されたのだが、敵の姿が見えるところまで達したとき、船団の防衛をまかせていたアトリウスからの急の使いが追いついたのだ。それによれば、前夜すさまじい嵐に襲われ、船団は大きな被害をこうむったとのことだった。カエサルはただちに、背後に注意しながらの退却を命ずる。軍団とともに浜辺にもどったカエサルは、想像以上の惨状を眼の前にして、いっときにしても愕然としたのではないか。

地中海では、夏に、このようにしばしば嵐が襲ってくるなどは、ごくまれにしか起こらない現象だった。北洋は、荒々しいうえに潮流が速い。それに、地中海では想像もできない量のはげしく降る雨。

どうやら船団の安全を託されたアトリウスは、浜には引きあげたものの、砂浜上の船の定着を、大木のささえもなしの錨を降ろすことだけでできると思っていたらしい。おだやかな地中海ならばそれで安全でも、北洋のはげしい風と雨は、その程度では押し流してしまう。さらに悪いことには、船を引きあげた浜辺が、ゆるい勾配をなしていたことだった。

カエサルは、四十隻は使いものにならない、と判断するしかなかった。残りの船の被害も大きかったが、充分な修理をほどこせば使用には耐える、とも判断する。私の想像では、一冬に六百隻も造船したのだから、北洋向けの頑丈な造りでなく、手抜きのつもりはなくても、地中海的な概念で船を造ったゆえではないかと思う。北洋では、速さよりも操縦の自由よりも、堅固岩乗が船の第一条件であったのだから。

カエサルは、最優先する船の修理に、軍団兵の中からこの面に巧みな兵士たちを選び出し、彼らに修理を一任することにした。そして同時に、大陸に残る副将ラビエヌスに急使を派遣し、工兵として使える兵士を送らせるとともに新たな船の建造も命ずる。また、船の修復作業が安全に行われるようにすることと他の船の安全も保障するために、砂浜に引きあげられた全船を囲いこめるだけの広大な陣営地の建設も命じた。おそらく、ついてきていた商人たちの船の安全まで考慮したにちがいないから、陣営地は、合計七百隻以上の船を囲いこむに足りる、技術と物量をプラスした作戦では他を圧倒したカエサルの、本領発揮も最たるものであったろう。ローマ人の技術力を駆使した昼夜問わずの突貫工事は、広大な四方形の陣営地であるのに、完成までに十日しか要しなかった。

完成した陣営地にカエサルは、船の修理要員に加え一個軍団と三百騎の防衛要員を残し、それ以外の全軍を率いての内陸部進攻を再開する。船団の破損を知る前に前進していた地点、と言うから、海岸部から十八キロ入った、敵との最初の遭遇地点であったろう。その地点まで前進したローマ軍は、初回とは比べようもない敵の大軍に迎えられることになった。ブリタニア兵は、おそらくガリア各地での冬期の大量の造船からローマ軍の進攻を予期していたからだと思うが、前年とはちがって、各部族とも共闘戦線を組んでおり、総指揮は、カシヴェラヌスという名の男に一任されていた。部族間の抗争で武名を高めた人物という。

ここで、『ガリア戦記』の叙述の順序に忠実であろうとすれば、ブリタニア人の風俗習慣を叙述することになる。カエサルという男には、普通の武将ならば地勢や敵軍の規模の叙述で終わるところを、それらとは一見無関係な民族の性向や宗教や風俗習慣までも、ていねいに物語るくせがある。戦記なのか旅行記なのか、わからないくらいだ。ガリア人に関してもそれをしたし、ゲルマン人についても、そのような事柄をくわしく書いている。とはいえ、ローマ人は、ガリア人に関してはある程度ならばすでに知っていたし、ゲルマン人でも、攻めこまれた歴史があるから未知ではない。だが、ブリタニア人は、カエサルが書くまではまったく未知の存在であったのだった。

カエサルのこのような関心のもちかたは、彼自身が本来的に好奇心が強かったことと、彼にとってはとくにいちじるしかった、統治のセンスによったがゆえではないかと思う。進攻しても、殺し、奪い、風の如くに去るだけであったら、相手の生活習慣などは無関係であるからだ。それにしても、敵軍と出会し、最高指揮者の名まで書き、いざ合戦かと読む人がかたずをのむところをさらりとかわし、敵の風俗習慣の叙述に入るなどは、作家としてもなかなかの技である。かたずをのんだところなのだから、血わき肉おどることにしか関心をもたない読者でも、合戦への興味につられて読みつづけるからである。たぐいまれなる文章家に敬意を表して、この部分は直訳にする。カッコ内は私の解釈。

「ブリタニアの内陸部には、言い伝えを信ずれば土着の民が住む。反対に海岸地方には、戦闘か強奪かの目的でガリア北東部から来たベルギー人が、住みついて耕作に従事している。彼らの名のほとんどが、伝来の地名を継いでいるのがそれを示している。人口は、相当に多い。家々も密集して建てられている。この点ではガリアと似ているが、家畜の数がすこぶる多いのが特色だ。

通貨には、金貨か、秤で重さを計った鉄棒を用いている。内陸部では錫が産し、海岸部では、少量ながら鉄が産する。銅は産出しないので、輸入を待つしかない。ブナとモミの木を除けば、森林の樹木構成はガリアと同じだ。ウサギとニワトリとガチョウは、食用にすれば罪になる。それでも飼育されているが、愉しみのためであるらしい（多分、卵は食べたのだろう）。気候は、ガリアより穏和だ。寒さも、ガリアよりは厳しくはない（おそらくカエサルは、ガリア北東部との比較で言っているのだと思う）。

ブリタニアの島全体は、三角形を成している（ここあたりからカエサルの地理感覚は、ブリタニアとガリアとヒスパニアの位置関係としては相当に怪しくなるので略すが、現イギリスとアイルランドの間にあるマン島の存在は知っていた）。

ブリタニアの北端では、ある書物によれば、冬期には夜が三十日もつづくという。われわれの集めた情報ではその正否は確かめられなかったが、われわれの使う水時計で実験してみたところ、夜は大陸よりは短いということだけは判明した。

ブリタニアの住民中最も人間的なのは（文明的の意味）、カンティウム（現ケント地方（つまりドーヴァー海峡ぞい）に住む人々である。彼らの風俗は、ガリア人のそれとほとんどちがいはない。一方、内陸部に住む人々の大部分は、小麦を耕作する習慣をもたず、乳と肉を食し、衣服といえば毛皮を身にまとうのみ。そのうえ、ブリタニア人は皆、青色染料で身体を染める。ために、戦場では一段と怖ろしく感じられる（後のジェントルマンたちも、二千年昔はインディアンみたいだったわけだ）。

長髪が普通だが、頭部と唇の上を除いたすべての部分の毛をそるのを習慣にしている。男たちは、十人か十二人の妻を共有する。兄弟間や親子同士で妻を共有するのが、通常の形である。子供の親が誰かという問題だが、女が処女ではじめて交わした男を、子の親とするようである」

さて、かたずをのんだもののここまでお預けをくった合戦だが、ブリタニア人は、一言で言えば、カエサルが望んでいたような形での戦闘をしてくれなかったのである。つまり、平原を戦場としての堂々たる布陣の会戦ではなく、ゲリラ戦を展開したからだ。文明化した民と未開の民との戦いは、常にこのような形をとる。ブリタニア人が多くの部族の集合体であることと、文明化されつくした現代からは想像もできない、高い山はなくても森と沼と川で埋めつくされていた当時のイギリスの地勢が、この戦法を有効にしていたのであった。

ローマ軍は、陣営地建設中に襲撃されたり、兵糧（ひょうろう）を求めに行った先で襲われたり、森の中から突然姿を現わしては襲ってくる敵に悩まされた。また、重い武装のローマ兵は、身体中を青色に塗った半裸のブリタニア兵の身軽さを前にして、行動の鈍重さに歯をかむ想いになることもあった。しかし、ローマ軍は、情報の収集とその適確な判断をもとにしての、現地順応力では抜群の総司令官をもっている。カエサルは、敵が、たとえカシヴェラヌス一人の総指揮のもとに闘うといっても所詮(しょせん)は諸部族の集合体であることに、突破口を見出(みいだ)していた。

　ゲリラ戦法をかわすために、カエサルは、いつものような騎兵団を先行させる行軍はせず、なるべく歩騎とも一団となっての進攻法を採用した。これだと、ゲリラ戦法では必至の小部隊による波状攻撃も、容易にはできなくなる。そうしておいて、敵の襲撃があるたびに、確実にこれを倒し、残りは敗走させるということをくり返していった。カエサル軍も、無傷であったわけではない。彼が明記した犠牲者は大隊長(トリブーヌス)ラベリウスの戦死のみで、他は幾人か、とだけだが、進攻が戦死者の埋葬や負傷者の治療で中絶されていないところをみると、ローマ側の犠牲者の数はさほどではなかったとしてよいだろう。だが、ブリタニア側は、確実に犠牲者を増やしていた。そしてこれが、多部族の集合体を解体に導く因になるとした、カエサルの予測の正しさを実証することになる。

　敵側で部族の離反がはじまっているのは、森から不意に現われては襲ってくる回数と烈(はげ)しさの減少で、読めたのではないかと思う。そして、ブリタニア得意の戦車団がカエサルの歩兵と騎兵に徹底的に敗れ散り散りにされたとき、諸部族の離反は決定的になった。カエサルは、この好機を逃さなかった。タメシス（現テームズ）河の北に広がるという、総大将カシヴェラヌスの領土に向けての進攻が開始された。

ローマ軍がどの地点でテームズ河を渡ったのかは、古代でも確認できていない。カエサルも、この河で一箇所のみ渡河可能な地点、としか書いていない。カシヴェラヌスの領土は現在のバッキンガムシャアの辺りであったというから、渡河地点はロンドンであったかもしれない。いずれにしても他所者が唯一の渡河可能地点と見るくらいだから、現地の者にとっては的をしぼることも容易だ。実際、ローマ軍がテームズ河畔に着いてみると、対岸にはすでに渡河阻止の防柵が完成しており、その向うに敵の大軍が参集していた。

防柵とは、先のとがった多くの杭を河岸に打ちこむやり方でつくられている。水面に没している杭も多いというのは、カエサルはすでに、脱走者や捕虜から聴いて知っていた。ただし敵側も、自分たちの渡河の必要から、杭の間隔を密にすることができなかったのではないかと思う。首まで水につかりながらも、ローマ軍の歩兵はもちろん騎兵までが、渡ることができたのだから。カエサルはまず先に騎兵を渡し、すぐつづいて歩兵の渡河を命じた。それも、小人数ずつでなく、大挙して渡らせたのではないか。待ちかまえていた敵は、敏速にしかも大挙して渡ってきたローマ軍に抗することができず、岸辺での戦闘を放棄して逃走するしかなかったからである。

自領に攻めこまれたカシヴェラヌスは、これで、攻撃よりも防御に徹することにしたらしい。四千人の兵のみ残して他の兵は解散し、森の中に隠れて待つ戦法をとる。つまり、ゲリラ戦法にもどったのだ。このやり方でしばらくはローマ軍を悩ませることはできたが、結局それも、ローマ軍相手では限りがある。ついにカシヴェラヌスは、自らの本拠に撤退せざるをえなくなった。

本拠といっても、ガリア人のそれのような、防壁で囲んだ丘の上の要塞(ようさい)ではない。ブリタニア人が要塞と考えるのは、森全体なのである。他所者がうかがいしれない森の奥に、家畜や食糧を運びこみ、人間も隠れて敵を待つ。何と言っても、ロビンフッドの国なのである。

それでも、ローマ人特有のしぶとさで、二方面から攻撃してくるカエサルとその兵士たちには耐えきれなかった。多くのブリタニア兵が殺され、殺されなかった者は森から逃げ出して四方に散った。同時に、カシヴェラヌスがケント地方の部族長に命令して決行させてあった、ローマ軍の海岸の大陣営地攻撃も、ローマ兵の手慣れた防御に邪魔されて失敗に帰す。そして、この失敗とカシヴェラヌス自らの敗走は、ブリタニア人の戦闘意欲を消滅させた。

まず、カエサルの陣営に講和を求めてきた部族の願いを、カエサルは、人質と兵糧の提供を条件にしただけで受け容(い)れた。そして、ついに、他の部族に見放され自らも敗北し、海岸のローマ陣営地の攻撃にも失敗したカシヴェラヌスも、ガリアの部族長コミウスの仲介で、カエサルの許(もと)に降伏の使節を送ってきたのである。

カエサルは、ブリタニア遠征の締めどきと判断する。それで、ブリタニア軍の総大将であったカシヴェラヌスに対してさえも、恭順を示す人質の提供と年貢(ねんぐ)金の額を定め、また他の部族への侵略行動を禁止したうえで、講和に応じたのであった。大規模な遠征を決行しながらこの程度の条件で講和に応じた理由を、カエサルは、次の二点にあったと説明している。

一、ガリアの現状監視の必要から、ブリタニアでの冬営は考えていなかったこと。

二、これ以上の遠征継続には、戦闘に適した季節も終わりに近づいていたこと。

人質と捕虜でふくれあがったローマ軍は、二回に分けてドーヴァー海峡を渡らねばならなかった。カエサル自らは、二回目の輸送で帰途につく。ガリアに輸送してまたもどってくる船団を待っていたので、カエサルがブリタニアを後にしたのは、秋分近くになってからだった。帰途は、船も人間も無事だった。

カエサルのブリタニア遠征の意味については、伝統的に古代ローマ研究の盛んなイギリスでのことだけに、昔から論争の絶えなかったテーマである。ただし、イギリスの研究者たちの言い分には、多少とも、もう一つの伝統的に古代ローマ研究が盛んなドイツ人を意識したところがうかがわれて、部外者の私などは微苦笑を誘われないでもない。

自分たちはチャーチルのように、大英帝国の歴史はカエサルのブリタニア上陸によってはじまった、と言えるが、ドイツ人は、カエサルのライン渡河をもって歴史ははじまる、とは言えないではないか、とくるのだから子供じみている。だがこれは、笑い話ではすまない。なぜなら、カエサルは、渡るだけならよほど簡単なラインよりも、比較にならないほど困難なドーヴァー越えを、それもブリタニア人がガリアに侵攻してきたわけでもないのに、決行したからである。しかも、多数の商人まで連れてだ。ライン渡河は、ローマの軍事力のデモンストレーションだったが、ドーヴァー海峡越えは、デモンストレーションではなかった。しかし、完全制覇には時間がかかる。そして何よりも、カエサルにとっての最優先事項はガリアの制圧にある。ブリタニアを完全制覇した属州としてローマ人に遺(のこ)すよりも、その存在を知らせ、その価値を理解する後世の誰かが、いつかは属州化を成しとげてくれるのを確信していたのではないか。

ライン渡河は、その東方に住むゲルマン民族のガリア侵略を阻止するのが目的であった。昼でも暗い森の奥深くまでの進攻は不可能で、それゆえにゲルマン民族のローマ化も非現実的、と判断したのではないかと思う。反対に、海峡にへだてられているとはいえ、南部のケント地方のブリタニア人と北西部のガリア人とは交流がある。一緒になってローマ軍に向ってくるのでは困るが、ガリア人をローマ下に収めることさえできれば、両者の交流の実績は、文明の交流に転換できる。カエサルは、ここに、ブリタニアのローマ化の可能性を見たのではないか。

カエサルが指し示したこのことは、一世紀後に、皇帝クラウディウスに引き継がれて現実化する。おかげで、イギリスの知識人たちは、河向うの野蛮人とまで言ったチャーチルのように、不可思議なる優越心でドイツに対せることになったのであった。私にすれば、ローマ世界の一員になったからと言っても、国境からほんの少し中に入れただけなのだから大きな顔もできないのでは、と言いたいところなのだが。ドイツだって、国土の四分の一くらいはラインの西側、つまり古代の文明世界に属しているのである。とはいえ、学者といえども意外と子供じみているのだ。だが、子供じみたところを残しているからこそ、不屈の情熱で研究もつづけられるのである。

ブリタニア遠征を終えて無事帰還したカエサルだが、その年のガリアは、彼に、何ごともないアルプス越えを許さなかった。問題は、ガリア人が蜂起(ほうき)したのではなく、ガリアでのその年の小麦の収穫が、例年どおりでなかったのがことの発端であった。

十五個大隊壊滅

ガリア戦役がはじまって以来のローマ軍の冬営地は、最も問題の起こりそうな地方に全軍が固まって越冬するのがカエサルの方針だった。征服したばかりの地方に堅固で大規模な陣営地を建設し、冬営の最高責任者は年によって代わっても、全軍一箇所での越冬の方針は変えなかった。八個軍団四万五千以上もの戦力に、いたずらに攻撃をかけてくるガリア人もゲルマン人もいないからである。ところが、紀元前五四年から前五三年にかけての冬期は、それを分散せざるをえなくなる。ガリア全域での小麦の収穫が悪く、一地方のみの調達で、これだけの口を満たすことは無理であったのだ。冬営地は八箇所に分けられ、各々(おのおの)が平均一個軍団で越冬すると決めた。ただし、分散はしたが、各冬営地はいずれもカエサルが、セーヌ河を境としその北方のベルギー人が住む地域と呼んだガリア北東部、つまり現代のフランス北部とベルギーとオランダ南部とドイツの西の一部で成る一帯に集中している。問題の起こりそうな地方での冬営方針は、変えていなかったわけだ。しかも、各冬営地間の距離は、百五十キロ以内。冬期でも数日で、連絡も移動も可能な距離だった。

ファビウス率いる一個軍団は、モリニ族の地に冬営。

クインティウス・キケロ（キケロの弟）がまかされた軍団は、ネルヴィ族の地に。

ロシオ率いる軍団の冬営地は、エスビ族の地。

副将ラビエヌスは、軍団とともにレミ族の地に。ただし冬営陣地は、つい最近カエサルに恭順を誓ったばかりのトレヴェリ族を視野に入れる地に建設される。ゆえにローマには忠実をつづけるレミ族の地での冬営とはいっても、カエサルの信頼最も厚いラビエヌスに託された真の任務は、トレヴェリ族の監視にあった。

父親に従ってオリエントに発ったクラッススの長男の後任として送られてきている次男は、まだ会計検査官（クワエストル）だったが、この若者にも一個軍団が託される。そして、軍団長プランクス、軍団長トレボニウスとともに、三箇所に分れた冬営地の責任者に任命された。

一個軍団六千の兵にさらに五個大隊の三千を加えた九千兵の冬営地は、最もライン河に近いエブロネス族の地に決める。兵が多いことと最前線であることで、この冬営地の責任者には、軍団長（レガートゥス）の格をもつサビヌスとコッタの二人を配した。そして、前年の冬営地であったアミアンで、カエサルは、全軍がそれぞれの冬営地に到着し、陣営地を建設し終わり、現地人からの兵糧調達も完了したという報告がとどくまで待つ。それをすべて受けた後で、例年のように属州統治のために、アルプスを越えて南へもどる予定にしていた。

この時期、カエサルは、娘ユリアの死の知らせを受けたのではないかと思う。ポンペイウスに嫁いでから五年、政略結婚ではあっても夫婦仲は人もうらやむほどだったが、前年の流産で弱っていた身体は、二度目の懐妊までは耐えられなかったのだろう。生まれた子も、数日も経ないで死んだ。

いつものことだが、カエサルは、私情を吐露することをしていない。『ガリア戦記』ではまったくふれていないし、叙述のしめり具合などから第三者がうかがい知ることさえもできない。後世の人々がこれを知っているのは、この年の十月付のキケロの手紙からである。キケロは、自分が推薦してカエサルの許で働けるようにした青年トレバティウスへの手紙の中で、今回のカエサルの大きな不幸に対して自分は、側近のバルブスには書いたが、カエサルに直接におくやみの手紙を書く勇気がもてない、と書いている。

カエサルにとっては、前年の母の死につづく喪であった。ポンペイウスも、愛した若い妻の死にはひどく悲しみ、二人で過ごした想い出に満ちているアルバの別荘に葬(ほうむ)ることに決めていた。だが、ローマの一般市民たちは、二大実力者の間のかすがいでもあった若き女人の死を嘆き、職務上ローマに帰れない父カエサルの心情も思い、マルス広場に建つ歴代の偉人たちの墓所に葬ることにしたのである。一私人としては異例の待遇であった。

アミアンの本営で、カエサルは、各軍団がそれぞれの地での冬営準備を完了したという報告を次々と受けていた。すぐにも南へ出発できる状態になっていたのに、カエサルは出発を遅らせる。ガリア北東部の情勢の推移を見ながら、いったん決めたトレボニウスの冬営地を、移動させたりしていたからである。そこに、予期しなかった重大な知らせがもたらされた。

サビヌスとコッタ率いる十五個大隊九千兵は、目的地のエブロネス族の地に到着し、出迎えた二人の族長から兵糧提供の承諾もとり、陣営地建設も終え、わざわざそこまで持参された兵糧も受けとって十五日が過ぎた日のことだった。友好的であったエブロネス族が、突然に反旗をひるがえしたのだ。この年のブリタニア遠征前にカエサルに攻められ、恭順を誓ったトレヴェリ族の長が、ローマ軍が分散して冬営している今が好機だとそそのかしたからだった。

サビヌスとコッタが守る陣営地を攻撃してきたエブロネス族だったが、ローマ兵の守りの前には敗退するしかない。だが、退散したのではなく、陣営地の外に人を送ってきて、以後の友好関係再復のために話し合いをしたい、と告げさせた。

陣営からは、二人の使者が送り出された。この二人にエブロネス族の長は、カエサルには諸々のことで恩があるから打ち明けて話すのだが、という巧妙なやり方で、次のことを告げたのである。

攻撃は、そそのかされた結果の不本意なものであったこと。自分たちのような弱小部族だけで、ローマ軍を撃破できるとは思わないこと。多くのゲルマン人がガリア側に傭（やと）われ、ラインを越えたこと。彼らがここに達するには、二日で充分であろうこと。だからその前に、キケロの陣営地かラビエヌスの陣営地に行き、彼らと合流するのが適策ではないか。自分たちの領地を通っての移動の安全は、自分たちが保障する。このようなことをわざわざ伝えるのも、これまでのカエサルの自分たちに対する厚遇への、せめてもの恩返しと思ってほしい。

ローマ側の使者二人は帰営し、告げられたすべてを報告した。サビヌスとコッタの二指揮官は混乱してしまった。弱体なエブロネス族が一存でローマ陣営地を攻めてくることなどありえないと思っていたところに、ゲルマン人の接近を告げられ、これが原因かと思いこんでしまったのである。しかし、召集された作戦会議では、意見は真二つに分れた。

軍団長としてならば同格でも、平民出身であるために貴族のサビヌスに一歩ゆずり、冬営地指揮官次席の地位にあるコッタは、ゲルマン軍に攻められようとも、陣営地を捨てての移動には絶対に反対だった。反対の理由の第一は、陣営地の守りは固く、兵糧も豊富、九千で防衛すれば味方の支援到着まで充分にもちこたえられる、とする。理由の第二は、カエサルの指令もないのに冬営地を立ち退くことなど許されない、であった。このコッタの意見には、大隊長や首席百人隊長の大部分が賛成した。

しかし、冬営指揮官首席のサビヌスは、冬営地を引き払っての移動を強く主張した。理由は、手遅れになることの怖れ、につきる。カエサルはすでに属州に発っているにちがいなく、それゆえに部族が不穏の動きをはじめたのだから、ゲルマン人に襲われる前にこちらから先手を打たないかぎり、待っている運命は餓死か戦死しかない、と強調したのである。そのうえ、サビヌスは、作戦会議に列席している将官たちの支持を得られない代償を求める感じで、離れたところにいた一般兵士にも呼びかけた。兵士たちも動揺した。意見が分れたままでいる不利を案じた人々が、仲裁に立つ。真夜中までつづいた激論の末に、引き退がったのはコッタのほうであった。出発は、翌朝と決まった。

上層部に意見の対立があったことは、移動の準備をする際にも表われた。捨てていく決心がつきかね、持っていく荷が多くなる。それに適切な指示を与える者がいない。そして、そのようなことをしていたために、睡眠をとる時間さえもほとんどないままで朝を迎えた。

移動先は、七十五キロ離れているキケロの冬営地か、それとももう少し遠いラビエヌスの冬営地に向うかがまた議論の的になっていたのだが、道中の安全は保障すると言ったエブロネス族の長を信じて、キケロの冬営地への道を選んだようである。これも、不幸の一因になった。

冬営地から三キロほど来たところで、道は深い谷に入る。谷あいの道を、重い荷車を引きながらの行軍はいきおい長くのびる形になった。谷を出るまぎわで先行隊が敵の待ち伏せに気づくとほぼ同時に、後衛も背後から敵に襲われた。サビヌスは味方をまとめるために大声で呼びかけたが、それはわれを忘れた人の常で、ただの大声の叫び声でしかなかった。反対にコッタは、大隊長や百人隊長一人一人の名を呼び、円陣を組むよう命令を与える。荷車で外側を囲んだ中に入って防衛するつもりだったが、長くのびた車の列を円形に変えるのはこの状態ではむずかしい。また、前部と後部の荷車を犠牲にする決心が、兵士たちにはできなかった。結局、自分の荷を取りにわれ先にと荷車に殺到する兵たちで混乱し、円陣を組むのが大幅に遅れた。

それでもようやくできた円陣を盾に、一個大隊ずつ外に出して闘い、それが疲れれば次を交代させるという波状攻撃をはじめたのだが、待ち伏せしていた敵の投石作戦はすさまじく、円陣内にもどれる兵の数は見るまに減少していった。早朝から午後二時までの間の絶え間ない激闘で、首席百人隊長二人に投げ槍が貫通、軍団長コッタは顔面に投石が命中して重傷を負った。

これに動転したサビヌスは、敵の部族長に、ローマ軍の助命を乞う使節を送った。敵の首領は、ローマ兵の身の安全は保障すると誓って会談の求めに応じた。サビヌスはコッタのところに行き、二人して敵との会談に出向こうと説得する。だが、コッタは顔面血だらけになりながらも、戦闘中の敵との話し合いを拒絶した。

やむをえずサビヌスは、近くにいた大隊長や首席百人隊長の何人かに声をかけ、自分に従いてくるよう命じた。迎えたエブロネス族の長アンビオリクスは、話し合いの前にまず、ローマの将官たちに武装を解くことを求めた。サビヌスはそれに応じ、従っていた者たちにも応ずるよう命じた。休戦の交渉中、いつのまにかローマ人たちは囲まれていた。待っていたのは殺戮である。それを終えるやいなや、勝利の雄たけびをあげながら、敵は円陣で守るローマ軍に襲いかかった。コッタは、戦闘中に死。ローマ兵の多くが、寒冷地の固い土壌を血で染めた。生き残った者たちは冬営地に逃げもどったが、残り少ない兵力では防衛の望みもない。軍団旗手は、銀鷲旗を手渡す者もいない中で、それを敵中に投げながら討死した。数人の兵士のみが、森を越え難路を逃げのび、ラビエヌス守る冬営地にたどりつくことができただけだった。

カエサルは、ガリア戦役に入って以来はじめてと言ってよい、強烈な打撃を受けたことになる。三年前に編成した第十四軍団十個大隊と、それの補強にと各軍団から集めた五個大隊のすべてを失った。研究者たちの意見では、これまでの犠牲に加えここで一挙に九千を失ったカエサルは、合計すれば一万四千四百兵を失った計算になるという。二個軍団を丸ごと失ったと同じことだった。兵士の犠牲が少ないことが誇りであったカエサルには、強烈な一撃であったのだ。

一方、ローマ軍九千を血祭りにあげたエブロネス族の長は、成功の後も時間を無駄にしなかった。昼夜ぶっつづけに馬を駆った彼と彼の騎馬隊は、すぐ隣りのアドゥアトチ族の地に到着する。そして彼らにローマ軍相手の勝利を告げ、対ローマで起つよう扇動した。そして休む間もなく翌日に到着したネルヴィ族にも、ローマ軍の二人の軍団長を殺し冬営地を壊滅させたことを告げ、合同すればキケロの冬営地攻撃など朝飯前だと説得する。これにはベルギー人中最強とされたネルヴィ族も、カエサルに攻められて結んだ誓約など忘れ、ローマ軍相手に起つことに決めた。総計六万の大軍が、一個軍団六千足らずで守る、弟キケロの冬営地に向って動き出したのである。

弟キケロは、何も知らなかった。おそらく、真先に惨事を知ったラビエヌスが送った者がキケロの冬営地に近づいた頃には、すでにベルギー人の大軍が周囲を埋めていて近づくこともできなかったか、敵に見つかって殺されたかにちがいない。それで、敵の襲来を知ったのは、木材調達に出していた騎兵が敵に出会い、急いで帰営して報告したからだった。

弟キケロは、アミアンにいるカエサルに急使を送る。だが急使は、途中で敵に捕われてしまったのだが、それさえ知らなかったから急報はとどいていると思っていた。ガリアに来て以来の弟キケロの健康はすぐれず、病身と言ってもよいくらいだったが、冬営地指揮官の責任感が彼の心に火を点ける。夜いっぱいを使っての、防御用の塔を百二十も建設する作業が終わったと思ったら、早くも敵の襲撃がはじまった。日中は防衛、夜になっても、敵に攻められて破損した個所の補強作業で、病人も負傷者も休まなかった。火を吹く杭を投石器を使って投げこんでくるので、火消し作業にも人が必要だった。

簡単に落とせると思ったのが意外にしぶとい抵抗を受けたベルギー軍は、サビヌス相手に成功した手を試みる。ネルヴィ族の有力者の中にいた弟キケロと顔なじみの者を使って、休戦の交渉を言ってきたのだった。交渉の場に引き出す理由として、次のことを告げてくる。

一、ガリア北東全域が、対ローマに蜂起したこと。

二、ゲルマン人も、大挙してライン河を渡っていること。

三、カエサルと配下の軍団長たちの冬営地も、襲撃されていること。

四、サビヌスとコッタが戦死したこと。

それゆえ、冬営地は引き払って、味方のところに移動したほうがよいのではないか。移動途中の安全は保障する。自分たちにとっての唯一の関心事は、ローマ軍の冬営地設営が毎年の例にならないことにあるのだ、ともつけ加えた。

これに対する弟キケロの答えは、次のようなものだった。

一、武装している敵からの進言を容れて自分たちの行動を決めるのは、ローマ人のやり方ではない。

二、ただし、もしも攻撃をやめ武装解除すると言うなら、カエサルに、指令をあおぐ使者を出してもよい。公正な判断のもとにカエサルが、ベルギー人の要望を受け容れるかもしれない。

欺きが不成功に終わったのを知ったベルギー人は、ここはもはや攻撃しかないと、ローマ人のやり方を見て学んだ方式で、攻城網を建設しはじめた。高さ三メートルの柵と幅四・五メートルの濠を張りめぐらせる。ただし彼らは、この種の工事に適した工具まではもっていなかったので、剣で切り崩し、手で掘り上着に入れて運ぶしかなかった。それでも使える人間の数が圧倒的に多かったために、三時間の労働の末に、二二・五キロもの包囲網で、ローマ軍の冬営地を囲いこむ作業を終えてしまった。その後の数日間は、これまたローマ軍の攻城方式に習って、高いやぐらや移動式の亀甲車の製作に費やした。冬営地にこもるローマ兵は、十倍の敵に攻められるだけですまず、効率的な攻城法を採用する敵に攻められることになった。

包囲後七日目、強風が一帯を襲った。これを戦機と感じたベルギー人は、総攻撃をかけてくる。だが、防衛側も健闘した。闘うしかないとわかっていれば、迷うこともない。冗談を言い合う余裕さえ生まれる。とくに、先頭に立って中隊を率いる百人隊長たちの働きはめざましかった。一日中つづいた戦闘でも、ローマ軍は冬営地を守り抜いた。

しかし、これを幾日もつづけることは不可能だった。と言って、救いを求めて送り出した者は、救援隊の到着がないのを見ても、いずれも途中で捕われたと思うしかなかった。それで、ローマ陣営に逃げてきていたネルヴィ族の一人の進言を容れたのである。この人の奴隷に、手紙をもたせてカエサルの許に送るという案だった。ガリア人だから、付近の農民の間に紛れればわからない。奴隷への成功報酬は、奴隷の身分からの解放である。

これが、はじめて成功した。カエサルはこのときはじめて、弟キケロの冬営地が襲われていることを知ったのである。そして、サビヌスとコッタ率いる十五個大隊の壊滅も。副将ラビエヌスが知らせたはずだが、これもまた途中で捕われでもしたのか。なにしろ、冬も近い最前線地帯で、カエサルとラビエヌスや弟キケロの間には、二百五十キロの距離が横たわっていたのである。

急を告げる手紙をカエサルが受けとったのは、陽も落ちようとしていた午後の五時頃だった。カエサルはただちに、二十二・五キロという最も近距離に冬営中の会計検査官（クワエストル）クラッススに、真夜中までに陣を引き払って軍団とともに駆けつけるようにとの指令をもたせた伝令を派す。同時に、モリニ族の地に冬営中の軍団長ファビウスには、軍団を率いてアトレバティ族の地へ馳（は）せ参ずるよう命じた伝令を送った。弟キケロの冬営地へ向う途中で、落ち合うつもりだった。そして第三の伝令を、副将ラビエヌスの許（もと）に急派する。ラビエヌスには、危険がないと見れば軍団を率いてネルヴィ族の地に急行するよう命じた。他の三冬営地には、この種の指令は送らないことにした。駆けつけるのには遠すぎたし、ガリア北東部の他の部族の動きを封ずる必要もあったからである。南の属州で冬越しするつもりでいたので、カエサル自身は一個軍団ももっていない。それでも、騎兵四百を集めることはできた。

翌朝の九時、クラッススの軍団が接近中との報を受けたカエサルは、四百騎だけを従えてアミアンを後にする。三十キロ行った地点で、クラッススと出会した。三十歳を過ぎたばかりの会計検査官（クワエストル）クラッススには、このままアミアンへ行き、ガリアでのローマ軍の本営でもあったこの重要地の防衛を命じた。そのうちに、副将ラビエヌスからの返事をもった急使も到着する。ラビエヌスは、サビヌスとコッタの軍団に起こった惨事をカエサルに報告し、それに勢いづいたトレヴェリ族が四・五キロまで迫っているので、自分たちは冬営地を動かないほうが適策と思う、と言ってきたのだった。カエサルも、それに同意する。だが、三個軍団で救援に行けるとの予定が、これで二個軍団に減ってしまったことになる。こうなればなおさら、敏速な行動のみがすべてを決するのだった。

カエサル率いる一個軍団と四百騎は、強行軍の途上、ファビウス率いる一個軍団との合流を果す。二個軍団の重装歩兵と四百の騎兵は、合流後も強行軍をつづけた。ネルヴィ族の地に到着したカエサルは、個別に行動していてローマ軍の捕虜になったネルヴィ族の兵から、弟キケロの冬営地の闘いぶりと現状を聴き知る。従えていたガリア人の騎兵の中から高額の報酬を約束して一人を送り出し、カエサルの到着を告げる手紙を弟キケロに渡すよう命じた。ただし、冬営地に入れない場合は、手紙を投げ槍に結びつけて冬営地内に投げこめとも命じた。手紙は、ガリア人が読めないようにとギリシア語で書いた。

ガリアの騎兵は、敵に囲まれている冬営地にはやはり入れず、投げこんだ槍は、冬営地をめぐる防柵の要所要所に立つ塔の一つに突き刺さった。これを、二日の間誰も気づかなかったのだが、三日目になってはじめて気づき、弟キケロは全員の前でそれを読みあげた。苦痛も、限りがあるとわかれば軽くなる。ローマ兵たちは、新たな力で敵に立ち向った。

包囲していたネルヴィ族を主とするベルギー軍も、出していた斥候の報告で、カエサルの到着を知った。それで、包囲を解き、全軍でカエサルに向って行軍を開始する。包囲が解かれたのを、籠城側も知った。弟キケロは、前に成功したやり方で、つまりガリア人の奴隷に手紙をもたせて敵中を突破させるというやり方で、包囲が解かれたことと敵がそちらに向っていることを、カエサルに知らせようとした。

敏速な行動のみが現状打開の道と信じていたカエサルは、行軍には付きものの諸々の荷を積んだ輸送車隊を、今回は連れて来ていない。兵士たちは各自、数日分の食糧と天幕しか背負っていなかった。総司令官のカエサルから一兵卒に至るまで、事実上の野営である。真夜中近く、仮眠をとるカエサルの前に、弟キケロの手紙をもったガリア人の奴隷が連れてこられた。敵の全軍が接近中と知ったカエサルは、作戦会議を召集する。集まった大隊長や百人隊長たちに向って、明日は闘いだ、と告げた。

翌日の明け方、カエサルと二個軍団は敵に向って出発した。六キロ来たときに、谷の中央を流れる渓流の向う岸に、敵兵が群れているのを発見した。弟キケロからの報告で、敵は六万の大軍であるのもカエサルは知っている。一個軍団の定員六千を大幅に切っているカエサルの二個軍団は、七千兵しかいなかった。とはいえ、カエサルの到着が誘因になった形で包囲は解かれていたから、弟キケロの冬営地はしばらく安全と思うことができた。カエサルは、十倍近い敵との対決を、急がないことにする。戦闘に有利な地点の探索と、そこに設営する陣営地のほうを優先した。

陣営地は、兵数が七千であるうえに輸送車隊なしの身だから、小規模になる。カエサルは、この不利を利用する。天幕と天幕の間に保つ通路も、いつもよりは狭く（おび）させたのだ。小規模な陣営地にしたのは、こちらに有利な地勢での戦闘に、敵を誘き寄せるためであった。

最初の日は、騎兵同士の小ぜり合いで終わった。敵も、全軍が到着し終わるまで待っていたからである。その間も、カエサルの誘導作戦はつづいていた。自軍の騎兵には早々に陣営内に退却させたし、陣営地内の兵士たちも右往左往させたりして、大軍を迎える羽目になったローマ軍が動転しているように見せかけたのだった。

ネルヴィ族とエブロネス族の計六万の大軍は、見事なまでにカエサルの策略に引っかかった。翌朝、彼らは大挙して、隊も組まずにわれ先がちに渓流を渡ってきた。渓流を渡れば、地勢は、ローマ軍の陣営地までゆるい登り勾配（こうばい）になる。ガリア人は渡ったところで隊形を組んだが、ローマ軍の陣営地からは誰も迎え撃ってこない。ガリア兵は、さらに前進する。カエサルは、まだ戦闘開始の合図を発しない。それどころか、陣営地の防柵の上から、顔も出してはならないとさえ命じてあった。

ガリア人は、もうすっかりローマ兵を見くびってしまった。投げ槍を投げても矢を射こんでも、陣営内はしずまり返っている。怖気（おじけ）づいて動きもできないのだと思ったガリア人は、陣営地のすぐそばまで寄ってきては降伏をすすめる始末。三時間以内に降伏してきたら命を助けるが、それ以上は待たない、などと大声で告げる者までいた。

カエサルは、このときになってはじめて、陣営地の四つの門を全開にし、戦闘開始のラッパを鳴らさせた。群らがっていた敵兵を蹴散（けち）らすのは、戦闘よりも羊の群れを追い散らすのに似ていた。毛皮をまとう北のガリア人相手だけに、ローマ兵からすれば、人間よりも羊に見えたのだろう。不意を突かれた敵は、闘うどころではなかった。四方八方に逃げまどう敵兵を、ローマ兵は着実に殺していった。渓流を渡って逃げようとした敵は、まわりこんだ騎兵と攻め立てる歩兵にはさまれて、武器を放り出して降伏した。味方には、一兵の犠牲もなかった。

カエサルは、敗走した敵兵を深追いさせなかった。森と沼の多いこの地方での深追いは危険であったし、敵の戦力は大幅に減少したと見たからである。それに、弟キケロの冬営地救援が優先した。

その日のうちに、弟キケロの冬営地に到着する。包囲を解いたときに敵が放置していった攻城器の量と質の高さが、まずカエサルを驚かせた。だが、カエサルを何よりも驚嘆させたのは、隊列を組んで彼を迎えた籠城兵たちだった。無傷の者は、十人に一人いるかいないかであったからだ。

カエサルは、冬営地の責任者であった弟キケロを賞讃し、次いで、兵士たちを一人ずつ名で呼び、彼らの勲功を賞め讃(たた)えていった。兵士たちが感動したのは、それだけではなかった。彼らの前に立ったカエサルは、あの身だしなみの良い人には珍しく、ひげもそらずの伸び放題で頭髪も乱れたままであったからである。

ガリアでの初の越冬

カエサルの勝利の知らせは、驚くほどの早さでガリア全域に知れわたった。副将ラビエヌスの冬営地に接近中であったトレヴェリ族も、それを知るやきびすを返す。ローマの同盟者レミ族もそれを知り、ラビエヌスの陣営地に祝いを述べに訪れたほどだった。

それでもカエサルは、この冬はガリアに残ることにした。ガリア戦役はじまって以来、ガリアで越冬するのははじめてのことだった。ガリア北東部の情勢は、いまだ楽観できなかった。カエサルは、各地に分散しての冬営方針は変えなかったが、本営を置くアミアンの周辺には、三個軍団を配する。いつでもどこにでも救援に駆けつけられる態勢をとっての、越冬であったからだった。

しかし、十五個大隊九千と軍団長二人の損失は、小さなことではなかった。カエサルにとっては何よりも、自軍の戦力の大幅な減少を意味した。この穴は、何としても埋める必要があった。

とはいえ先立つ課題は、九千もの戦友の死で打撃を受けている兵士たちへの対策である。カエサルは、集められる兵士たちには自分の口から、集められない兵には各指揮官を通じて、次のことを告げた。あの不幸は軍団長サビヌス個人の浅はかな判断によって起こったのだから、平常心を失わずに耐えるしかない。それも、神々の助けと諸君の勇気によって、すでに復讐は成ったのだ、と言ったのである。兵士たちは納得した。後を振り返らない性格の最高司令官に、一兵卒までが染まりはじめていた。

その冬は、唯一反抗をやめなかったトレヴェリ族を副将ラビエヌスが敗走させ、族長インドゥティオマルスを自死に追いやったことも重なって、北東ガリア一帯は、ローマ軍とガリア兵が互いに相手の動きをうかがう状態で過ぎる。だが、アミアンにいるカエサルの頭の中では、すでに翌年の戦略が立てられていたのだ。翌年こそ、ガリアでは最も戦闘的な諸部族を、完全に制圧する年であらねばならなかった。

その間、ローマでは――

カエサルが、前半はブリタニア遠征に、後半はガリア北東部の反乱鎮圧にと奔走していた紀元前五四年の一年間、首都ローマではすべてがことなく過ぎていたのではない。紀元前五五年の執政官をポンペイウスとクラッススの「二頭」で占め、「三頭政治」体制盤石の観があったローマの政情も、「元老院派」の反撃はしぶとく、翌・前五四年度の執政官には、「元老院派」は二人のうちの一人を自派から当選させるのに成功する。しかも、その翌年の前五三年担当の執政官選挙では、「元老院派」の候補者二人ともが当選を果した。「三頭」の推した候補者は、いずれも落選。「三頭」は野党に転落したことになる。ポンペイウスの消極さが敗因だが、この時期の彼は、過去の栄光とローマ最初の常設劇場の建設者としての名声を満喫するので充足していたのである。それでも、ポンペイウスの当代最高の武将の名声は、一般市民には影響力絶大であった。反三頭というよりも反カエサルの「元老院派」は、このポンペイウスをカエサルから引き離そうと策す。以前にも試みたが、そのときは、ルッカでの三頭会談というカエサルの見事な巻き返しにあって、後退せざるをえなかったのであった。今度は、ポンペイウスの妻になっていたカエサルの娘ユリアの死という好材料がある。だが、紀元前五四年冬に再び試みられた「二頭」の離反策は、この時点では失敗した。ポンペイウスが愛妻の死を本心から悲しんでいたことと、ポンペイウスの武将としての矜持(きょうじ)が、かすがいが失われたとたんの寝返りを許さなかったからである。それに、「三頭」の一頭クラッススは、オリエントの地で、大国パルティアとの戦いを準備中だ。ために、紀元前五四年と、それが尾を引いた感じの翌・前五三年の秋まで、首都ローマの政情は、「三頭派」と「元老院派」のにらみ合いの状態で過ぎていった。

ただし、にらみ合っている二派のどちらかが政治能力をもっていたのなら問題はなかったのだが、「三頭派」のポンペイウスも「元老院派」の首脳陣も、それをもたないのを露呈した一年半でもあったのだ。とくに、執政官を二人とも独占していながら、つまり与党でありながら統治能力の欠如を露にした「元老院派」は無惨だった。その時期のローマは、クロディウスとミロがそれぞれ勝手に組織した、暴力沙汰も辞さない〝院外団〟に翻弄されつづけたからである。クロディウスは、一応は民衆派を唱えていたから、ポンペイウスにその気があればコントロールできないわけではなかった。だが、ポンペイウスには、その気がなかった。ミロは、「元老院派」を名乗っている。だが、このミロに対しても、「元老院派」の重鎮キケロでさえ世を嘆くだけで、クロディウスに再び復讐されるのが恐くて温存したのである。ローマの都心では、選挙の時期でなくても暴力がはびこり、しばしば流血沙汰に終わるのだった。穏健で良心的な元老院議員たちは、ローマの行く末を想って心を痛めたが、彼らには、この現状を打開する方策も、それを実行する冷厳な意志もなかった。学識は充分なこの人々、とくにその代表格であるキケロにできたことは、過去を振り返り、あの頃こそ理想のローマであった、となつかしむことだった。あの頃とは、元老院主導の共和政下、指導階級も一般市民も一丸となって闘ったカルタゴとの戦役である。「あの頃」は、スキピオ・アフリカヌスもスキピオ・エミリアヌスも、国家のために武勲をあげたのであって、自身のためではなかった、というのが、この人々のペシミズムの基盤になっていた。

属州総督とは、任地が攻撃されれば迎え撃つ権利は認められているが、それも専守防衛の範囲内であって、他国への進攻となると元老院の認可を受けなければならない。カエサルは、認可など求めもしないで、ガリアの中部や北部に進攻するわ、ライン河は越えるわ、ドーヴァー海峡を渡ってブリタニアにまで遠征するわで、これだけでも元老院の我慢のならない存在になっていた。とはいえ、彼の部下の兵たちが従軍を拒絶したわけでもないので、ルクルスのときのように解任することもできない。また、カエサルの戦功にローマの一般市民は熱狂していたから、そのようなことを元老院で決議しようものなら、民衆の怒りを買うだけだった。そのうえ、市民集会決議という元老院の肩越しに成された決議とはいえ、カエサルには、ポンペイウスやクラッスス同様、紀元前五〇年末までの、属州総督の任期が厳とある。法的にも、カエサルの立場には手のふれようがなかった。そしてそれを、カエサル自身が誰よりも知っていた。

知っていたからこそ、紀元前五三年の戦線を、首都ローマからは最も遠いガリア北東部に集中したのである。前年の冬に失った戦力の補充も、それゆえ堂々と、つまりは元老院の許しも乞わずに行う。ローマでの状態がどうあろうと、ガリア戦役は続行されねばならなかった。

図版出典一覧

カバー	写真撮影：新潮社写真部
p. 10	同上
p. 37	Cesare Vecellio, “Habiti antichi et moderni” (『服装今昔』), 1860 より
p. 135	ローマ市議会議事堂(ローマ／イタリア) © Bettmann/CORBIS/CORBIS JAPAN
p. 137	p. 37に同じ
p. 139	カルヴェ美術館(アヴィニョン／フランス) © Musée Calvet, Avignon. Crédit Photographique André Guerrand
p. 150	作画：峰村勝子
p. 164	Luigi Canina, “Vedute dei principali monumenti di Roma antica,” Sugarco Edizioni, 1990 より

地図作製：綜合精図研究所(pp. 78-79、p. 84、p. 105、p. 124、pp.128-129、p. 178、p. 196、p. 236)

塩野七生著　**愛の年代記**

欲望、権謀のうず巻くイタリアの中世末期からルネサンスにかけて、激しく美しく恋に身をこがした女たちの華麗なる愛の物語9編。

塩野七生著　**チェーザレ・ボルジア　あるいは優雅なる冷酷**
毎日出版文化賞受賞

ルネサンス期、初めてイタリア統一の野望をいだいた一人の若者——〈毒を盛る男〉としてその名を歴史に残した男の栄光と悲劇。

塩野七生著　**コンスタンティノープルの陥落**

一千年余りもの間独自の文化を誇った古都も、トルコ軍の攻撃の前についに最期の時を迎えた——。甘美でスリリングな歴史絵巻。

塩野七生著　**ロードス島攻防記**

一五二二年、トルコ帝国は遂に「喉元のトゲ」ロードス島の攻略を開始した。島を守る騎士団との壮烈な攻防戦を描く歴史絵巻第二弾。

塩野七生著　**レパントの海戦**

一五七一年、無敵トルコは西欧連合艦隊の前に、ついに破れた。文明の交代期に生きた男たちを壮大に描いた三部作、ここに完結！

塩野七生著　**マキアヴェッリ語録**

浅薄な倫理や道徳を排し、現実の社会のみを直視した中世イタリアの思想家・マキアヴェッリ。その真髄を一冊にまとめた箴言集。

塩野七生著
サイレント・マイノリティ
「声なき少数派」の代表として、皮相で浅薄な価値観に捉われることなく、「多数派」の安直な〝正義〟を排し、その真髄と美学を綴る。

塩野七生著
イタリア遺聞
生身の人間が作り出した地中海世界の歴史。そこにまつわるエピソードを、著者一流のエスプリを交えて読み解いた好エッセイ。

塩野七生著
イタリアからの手紙
ここ、イタリアの風光は飽くまで美しく、その歴史はとりわけ奥深く、人間は複雑微妙だ。――人生の豊かな味わいに誘う24のエセー。

塩野七生著
人びとのかたち
銀幕は人生の奥深さを多様に映し出す万華鏡。数多の現実、事実と真実を映画に教えられた。だから語ろう、私の愛する映画たちのことを。

塩野七生著
サロメの乳母の話
オデュッセウス、サロメ、キリスト、ネロ、カリグラ、ダンテの裏の顔は？「ローマ人の物語」の作者が想像力豊かに描く傑作短編集。

青柳恵介著
風の男 白洲次郎
全能の占領軍司令部相手に一歩も退かなかった男。彼に魅せられた人々の証言からここに蘇える「昭和史を駆けぬけた巨人」の人間像。

白洲正子著
日本のたくみ
歴史と伝統に培われ、真に美しいものを目指して打ち込む人々。扇、染織、陶器から現代彫刻まで、様々な日本のたくみを紹介する。

シュリーマン
関 楠生訳
古代への情熱
―シュリーマン自伝―
トロイア戦争は実際あったに違いない――少年時代の夢と信念を貫き、ホメーロスの事跡を次々に発掘するシュリーマンの波瀾の生涯。

高橋健二編訳
ゲーテ格言集
偉大な文豪であり、人間的な魅力にもあふれるゲーテ。深い知性と愛情に裏付けられた言葉の宝庫から親しみやすい警句、格言を収集。

ニーチェ
竹山道雄訳
ツァラトストラかく語りき
（上・下）
ついに神は死んだ――ツァラトストラが超人へと高まりゆく内的過程を追いながら、永劫回帰の思想を語った律動感にあふれる名著。

プラトーン
田中美知太郎
池田 美 恵訳
ソークラテースの弁明・クリトーン・パイドーン
不敬の罪を負って法廷に立つ師の弁明「ソークラテースの弁明」。脱獄の勧めを退けて国法に従う師を描く「クリトーン」など三名著。

プラトーン
森 進一訳
饗 宴
酒席の仲間たちが愛の神エロースを讃美する即興演説を行い、肉体的愛から、美のイデアの愛を謳う……。プラトーン対話の最高傑作。

新潮文庫最新刊

塩野七生著

ローマ人の物語 8・9・10
ユリウス・カエサル
ルビコン以前（上・中・下）

「ローマが生んだ唯一の創造的天才」は、大改革を断行し壮大なる世界帝国の礎を築く。その生い立ちから、〝ルビコンを渡る〟まで。

谷村志穂著

海猫（上・下）

島清恋愛文学賞受賞

薫――。彼女の白雪の美しさが、男たちを惑わすのか。許されぬ愛に身を投じた薫と義弟・広次の運命は。北の大地に燃え上がる恋。

逢坂剛著

相棒に気をつけろ

七つの顔を持つ男と、自称経営コンサルタントの女……。世渡り上手の世間師コンビが大活躍する、ウイットたっぷりの痛快短編集。

志水辰夫著

裂けて海峡

弟に船長を任せていた船は、あの夏、大隅海峡で消息を絶った。謎を追う兄が触れたのは、禁忌。ミステリ史に残る結末まで一気読み！

松久淳＋田中渉著

天国の本屋
うつしいろのゆめ

自称〝プロの結婚詐欺師〟イズミを待ち受ける、絶対あり得ない運命……人との出会いがこよなく大切に思えてくる、シリーズ第2弾。

佐藤多佳子著

神様がくれた指

都会の片隅で出会ったのは、怪我をしたスリとオケラの占い師。「偶然」という魔法に導かれた都会のアドベンチャーゲームが始まる。

新潮文庫最新刊

角田光代著
真昼の花
私はまだ帰らない、帰りたくない――。アジアを漂流するバックパッカーの癒しえぬ孤独を描いた表題作ほか「地上八階の海」を収録。

長野まゆみ著
ぼくはこうして大人になる
ぼくは生意気でユウウツな中学三年生だ。この夏、15歳になる――。繊細にして傲慢、冷静にして感情的な少年たちの夏を描く青春小説。

江戸家魚八著
魚へん漢字講座
鮪・鰈・鮎・鯒――魚へんの漢字、どのくらい読めますか？　名前の由来は？　調理法は？　お任せください。これ1冊でさかな通。

R・N・パタースン
東江一紀訳
ダーク・レディ（上・下）
ガーターベルトにストッキング姿で変死していた弁護士は、検事補ステラの元恋人だった――。善悪を超越した深遠なる人間ドラマ。

T・クランシー
S・ピチェニック
伏見威蕃訳
油田爆破
カスピ海に浮かぶイラン石油掘削施設がテロリストに爆破された。この破壊工作に米国高官が関与しているという恐るべき疑惑が浮上。

C・トムキンズ
青山南訳
優雅な生活が最高の復讐である
フィッツジェラルドが憧れた画家ジェラルド・マーフィと妻のセーラ。夫妻を通じてジャズエイジの人間群像を伝える名著の決定版。

ローマ人の物語 9

ユリウス・カエサル ルビコン以前［中］

新潮文庫　し - 12 - 59

平成十六年九月一日発行

著者　塩野七生

発行者　佐藤隆信

発行所　株式会社 新潮社

郵便番号　一六二―八七一一
東京都新宿区矢来町七一
電話　編集部(〇三)三二六六―五四一一
　　　読者係(〇三)三二六六―五一一一
http://www.shinchosha.co.jp

価格はカバーに表示してあります。

乱丁・落丁本は、ご面倒ですが小社読者係宛ご送付ください。送料小社負担にてお取替えいたします。

印刷・錦明印刷株式会社　製本・錦明印刷株式会社

ISBN4-10-118159-4 C0122